NARRATORI ITALIANI

Della stessa autrice presso Bompiani

Dodici ricordi e un segreto
Tutta la stanchezza del mondo

ENRICA TESIO

I SORRISI NON FANNO RUMORE

ROMANZO
BOMPIANI

Le citazioni alle p. 42 e 120 sono tratte da Raymond Carver, *Tutte le poesie*, traduzione di Riccardo Duranti, Roma, Minimum Fax, 2013.

www.giunti.it
www.bompiani.it

Via Bolognese 165 – 50139 Firenze – Italia
Via G.B. Pirelli 30 – 20124 Milano – Italia

ISBN 978-88-301-1929-1

Prima edizione: ottobre 2023

Ad Andrea Ines e ai suoi fratelli
Marta
Lorenzo
Serse
Nina

1.

Ci sono giorni in cui mi mancano tutti, anche quelli che ho mandato via io. Sono i giorni in cui mi sento più sola, smarrita. Bello sarebbe se una cassiera mi desse la mano, mi portasse alla sua postazione e dicesse al microfono il mio nome e cognome, pregasse chi mi ha perso di venire a riprendermi. La voce si spanderebbe attraverso gli altoparlanti. Bello sarebbe se chi non c'è più si facesse avanti e mi abbracciasse, "Ecco dov'eri! Non farlo un'altra volta, sparire così... mi è preso un colpo", le persone spaventate sgridano con gli occhi lucidi di sollievo. Non è colpa mia, mi giustificherei, ho seguito la persona sbagliata, capita di confondersi, mi sono distratta, e intanto piangerei di gioia.

Ma non ho un gran rapporto con i supermercati. Da piccola andavo con la mamma a fare la spesa e all'improvviso lei mi mollava in fila alla cassa per prendere di corsa qualcosa che aveva dimenticato, lo zucchero, il sale, il detersivo, ero terrorizzata che arrivasse il mio turno prima del suo ritorno, non avrei saputo cosa dire, con cosa pagare.

Quindi, esclusi i supermercati, bisognerebbe stabilire un punto di ritrovo con le persone che amiamo, nel malaugurato caso in cui la vita scombinasse i piani.

La panchina davanti alla chiesetta, sul colle, c'è anche un binocolo per godersi il panorama che va a monete da dieci centesimi, chi è in anticipo può guardare l'altro arrivare. Oppure quel bar con la vetrata che dà sulla strada, io mi siederei a disegnare sullo sgabello alto, bevendo un succo, giusto uno schizzo a matita prima di essere raggiunta.

Sarebbe bello ma non si può, non funziona così, in tempi di pace si fanno promesse che la guerra disperde.

Il 18 dicembre è un giorno di guerra, lo sento dal mattino.

Mi sono svegliata presto con accanto Vittoria, che di giorno mi sta alla larga e col buio mi si accoccola vicino. La notte fa magie sui corpi: gli occhi chiusi, i capelli sul cuscino, a pancia in giù, la mia gatta selvatica torna ad avere due anni. Quelle ore sono l'unico momento in cui Vittoria non mi manca. Di giorno, invece, sono sopraffatta dalla paura di perderla. Chissà se è stato un bene, al momento della separazione, non stabilire accordi sulla divisione di giorni e vacanze, Vittoria può stare con chi le pare, solo che le pare troppo Cesare e soprattutto troppo la sua nuova fidanzata. Non è facile avere una figlia che ti preferisce una vicemadre quindici anni più giovane con un'anima quindici anni più leggera.

Il mattino è il momento peggiore perché Vic si pente di aver ceduto al lettone e scappa via, ha otto anni, è grande ormai. A colazione mangia i cereali direttamente dalla scatola, tira indietro la testa e si riempie la bocca a manciate, poi rumina per qualche secondo e ripete l'operazione.

"C'è il latte qui." Le porgo la tazza, ma lei la ignora, la nostra guerriglia domestica è fatta di gesti minimi, rifiuti sotterranei. "Hai scritto la letterina a Babbo Natale?"

"Sì, ma non te la faccio leggere." Scuote la testa, si piazza i cereali in bocca e beve un sorso di latte, anche quello direttamente dal cartone. Poi sorride, soddisfatta, aspettando il mio rimprovero.

"Perché no?"

"Voglio capire, se mi porta i regali giusti senza che voi la leggete..."

"Leggiate."

"... se mi porta i regali giusti senza che voi la LEGGIATE allora esiste davvero, altrimenti siete voi."

"Oppure non te li porta perché sei malfidata."

"Cosa vuol dire malfidata?"

"Che sei diffidente."

Vittoria alza le spalle, *diffidente* non le sembra un insulto.

"Ci sarà molta gente oggi alla tua presentazione?"

"Credo di sì, sono collegate tante scuole elementari."

"La mia no."

"No, la tua no, perché oggi avete la festa."

"Sai come la chiamano Ottavia Meraviglia i miei compagni?"

"No, come la chiamano?"

"Ottavia Merdaviglia!"

Sono incerta se fingere di divertirmi, sgridarla o cercare di allungarle un bacio-calumet della pace, alla fine preferisco lasciar perdere.

"Non ti fa ridere?"

"Molto," ma non rido.

Ottavia Meraviglia è la protagonista di una fortunata serie di libri scritta e illustrata da Antonia Baldi detta Toni, che poi sono io. In ogni volume la piccola esploratrice va alla scoperta di un paese diverso, e così conosce le meraviglie del mondo. Con lei viaggia l'inseparabile panda chef pasticciere che risponde al nome di Pandoro. Pandoro prepara una ricetta tipica per ogni destinazione e invita i lettori a rifarla a casa. Nel 2018 la Rai ne ha acquistato i diritti per trasformarla in un programma di cucina per piccoli. La sigla *Ottavia Meraviglia, tutta coccole e vaniglia* è diventata anche una hit di DJ Diniego, al secolo Diego Nievo, che prima l'ha portata a Sanremo circondato da un girotondo di bimbi vestiti da cupcake, poi ne ha fatto la base per un pezzo di musica elettronica che ha spopolato nelle disco estive. Recentemente al duo di Ottavia e Pandoro si è unito un terzo personaggio, Orangostanco, un pigro scimmione incontrato durante un viaggio nella foresta tropicale la cui principale occupazione è russare rumorosamente.

Questo è quello che, di Ottavia Meraviglia, dice Wikipedia. Io penso invece che Ottavia Meraviglia sia una tipetta con la quale non è possibile contrattare una tregua, ma che mi dà da mangiare, paga il mutuo, le vacanze e il carissimo corso di chitarra di Vittoria e soprattutto, a differenza di Vittoria, fa sempre e solo quello che le dico.

"Adesso vai a vestirti."

"Mi porti tu a scuola?"

"Passa il nonno tra dieci minuti."

"Ti pareva," e se ne va imbronciata.

La seguo fino in camera. "Vic, ma che hai sempre? Sto facendo i salti mortali, c'è il lancio del nuovo libro, secondo te sono contenta di stare via proprio i giorni prima di Natale? Ieri sera sono rimasta sveglia fino alle due a farti la crema al mascarpone da portare a scuola. L'ho fatta per me? No, io detesto la crema al mascarpone. L'ho fatta per te. Non dico di ringraziarmi, ma non farmi partire così!"

Mi circumnaviga, esce e si chiude veloce in bagno.

"Mollami un po'!" sbuffa dall'altra parte della porta.

Mollami un po' è una cosa che i figli dicono ai genitori, anche io ho pronunciato quelle parole un anno fa in un messaggio vocale a mia madre. Mia madre non c'è più, è morta a settembre, il vocale le è sopravvissuto, salvato nella chat Ma'.

Da quando è morta muore ogni giorno, ogni volta che mi torna in mente senza evocarla. La memoria tiene le persone in vita, ma quando ricordo muoio un po' io. La vita è troppo breve, mi hanno detto, ma non è vero: è la morte a essere troppo lunga, non finisce mai. E si porta dietro un infinito strascico di burocrazia, di carte, di richieste. Tu vorresti piangere ma devi firmare, devi decidere sulla cremazione, perché non hai mai chiesto se si volesse far cremare o no? Allora dici piango domani, dopo che ho deciso per la sepoltura, dopo che ho ritirato il certificato, dopo che ho steso la lavatrice. E alla fine non piangi più. Continui a morire un po'.

Sto esagerando, non ho sistemato tutto, ho ancora carte da decifrare, una casa da svuotare e prima o poi da vendere, la posta che arriva là da ritirare. E piangere piango, ma do alle lacrime un altro nome, non le chiamo *mamma* o *mancanza*, le chiamo *nervoso*, *ansia*, *figlia*, *ex*, *sindrome premestruale*. Dare un nome alle lacrime, tra l'altro, è un esercizio inutile se non c'è qualcuno che ti guarda piangere, non devi presentarle a nessuno, giustificarle, non devi dire scusami sai è che sono stanca. Io di solito me ne sto lì, singhiozzo e quando ho finito riprendo a fare quello che stavo facendo. Giusto per sancire un cambio di scena, commento ad alta voce con un vabbè.

L'ultima volta è stata due settimane fa. Sono entrata in cucina e ho trovato Vic che armeggiava con una forchetta dentro il tostapane per togliere una grossa briciola che si era incastrata. Ho strappato il filo della corrente, sono rimasta a occhi spalancati con il cavo in mano, afflosciato, la testa di un serpente a sonagli appena ucciso. "Potevi rimanere folgorata!" ho strillato. E lei, calma: "Ma io come facevo a saperlo, scusa?"

Ed era vero. Sono sua madre, avrei dovuto anticipare il pericolo, spiegarle la questione dell'elettricità e dei metalli conduttori e del corpo umano conduttore. Non dovrei dare nulla per scontato, dovrei essere concentrata come un dio, ragionare come un dio, esercitare l'amore in ogni momento, perché l'amore è esercizio di presenza. Il problema è che io la amo con tutta me stessa, ma la amo soprattutto in assenza. Quando

Vittoria è con me, invece, provo qualcosa di esasperato e inammissibile che mi confonde e mi agita. Le lacrime della mattina in cui Vittoria poteva rimanere folgorata le ho chiamate *briciole di toast* e le ho lavate in bagno prima di portarla a scuola.

Se ne parlo con Cesare lui mi chiama *mélomamma*, dice che esagero, che nostra figlia è una forza, e ha ragione, ma è una forza che non sono mai stata in grado di contenere.

Non ci riuscivo nemmeno quando era nella pancia, ho avuto paura di abortire sempre, per tutte le trentasette settimane e tre giorni della gravidanza. Contenere vuol dire essere capaci di limitare il terrore del bambino quando nasce, mi ha spiegato la psicologa, perché nascere è un'esperienza spaventosa, e naturalmente contenere è compito dei genitori. Io li osservo sempre i genitori per strada. Ce ne sono alcuni che sembrano riposati, vanno in giro con le culle piene e i sorrisi placidi. Non fingono, è perché il neonato nella culla è un neonato che si trova a proprio agio nel mondo. Si è abituato presto alla vita, a respirare, a mangiare, a dormire, un istinto senza resistenze. Essere il genitore di un bambino così propenso alla sua dimensione umana è un lancio di dadi. Se i dadi ti dicono male il piccolo piange, rigetta alcuni aspetti del proprio essere terreno, e un genitore ha bisogno di tanta pazienza per accettare di avergli fatto un dispetto, di aver costretto questa creaturina a farsi bruciare i polmoni con l'aria, ad avere freddo, ad avere paura, a sentire male. Al disagio di ritrovarsi a subire un torto. Alla mia neonata la vita pesava più che agli altri, non ci faceva l'abitudine e io non riuscivo a contenere quel disagio, io che ero sua madre, tutta la sua storia, il suo paese, la sua guerra e, purtroppo solo in rari momenti, la sua pace.

Con il tempo la sensazione di ingiustizia è diventata reciproca. Capita che io lavori alla scrivania, immersa nella lettura o nella scrittura, e senta un suono con la coda dell'orecchio, forse è accesa la radio nell'altra camera oppure la TV dei vicini sordi pompa *La vita in diretta*. Invece no, mi accorgo all'improvviso che è Vittoria che mi parla. Questo è diventata mia figlia in otto anni? Un rumore bianco, di sottofondo, un fastidio da cui isolarmi?

Gerundio mi sale in grembo, ti prego non ti ci mettere anche tu, sbuffo, e lo spingo via; il gatto strozza un miagolio e mentre scende mi tira un filo nella stoffa dei pantaloni. Nefasto presagio che si aggiunge a nefasto presagio. Ho comprato uno di quei levasmalto a immersione, si infilano le dita in una spugnetta intrisa di acetone per tirarle fuori perfettamente pulite, senza traccia di colore. Solo che dopo un po' la spugnetta si sporca e più che altro diventa uno spargismalto. Stamattina ho tuffato i polpastrelli e li ho tirati fuori come se avessi tentato di ripulirmi con uno scottex dopo aver squartato un maiale. Non posso andare alla presentazione in questo stato, è un evento con le scuole in presenza e in streaming, per l'uscita di *Ottavia Meraviglia al Polo Nord*, sarò in diretta social anche sui canali Rai. Devo cambiare i pantaloni e sistemarmi le unghie, e devo farlo in fretta perché tra poco arriverà mio padre, nonno Claudio, che ha le chiavi di casa ma non le sa usare, inizierà a provarle, la verde, la rossa, la gialla…

Nulla funziona con lui, perlomeno nulla di meccanico o elettronico. La chiave giusta è la blu, ci arriverà stremato dai tentativi precedenti.

"Bisogna sistemarla questa porta, è difettosa," dirà, come ogni mattina di tutte le mattine del nostro piccolo mondo.

"Sì, papà, hai ragione, dopo Natale la aggiusto."

Io gli darò un bacio laterale, Vittoria gli salterà al collo. E lui, allarmato, dirà, come ogni mattina: "Piano che mi rompi gli occhiali!"

Ma questa mattina è diversa perché è un giorno di guerra. Mio padre, nonno Claudio, vedrà la valigia all'ingresso, mi chiederà se vado via, io dirò sì: "Te l'avevo detto."

"Ah, già già," risponderà. "E quando torni?"
"Per Natale."
"Ah, già già."
Poi porterà Vittoria a scuola, cammineranno vicini, lui con lo zaino di lei sulle spalle. "È pesantissimo, ti spacca la schiena," dirà, come ogni mattina di tutte le mattine del nostro piccolo mondo.
E io urlerò dalla finestra: "La crema di mascarpone!" così Vittoria risalirà di corsa e mi strapperà di mano il contenitore.
"A scuola avete dei cucchiaini?"
"Usiamo le dita," e fuggirà prima che io possa oppormi.
Dirò vabbè, cambierò i pantaloni, sosterò in mutande davanti all'armadio, aspetterò di guardarmi allo specchio solo dopo aver infilato un paio di jeans, dei tacchi e una giacca, perché il mio corpo nudo non lo capisco più. Mi sdraierò sul letto, gli occhi al soffitto, farò l'appello dei vestiti in valigia. Presenti. Dei regali comprati per Natale. Presenti. Presente la macchina fotografica per Vittoria, i libri per le amiche Paola e Ale (devo chiamarle per Capodanno). Presente anche il cesto per Katia che farà le pulizie e darà da mangiare a Gero in mia assenza. La voglia di alzarmi? Assente. C'è tutto, manca tutto.
Il telefono squillerà, la mia agente non usa il campanello, lei chiama quando è in avvicinamento. Una volta in auto cercherà di farmi rilassare con un tono di voce tanto concitato da mettermi ansia.
La mia agente si chiama Simona Buonanno, è una donna di cinquantaquattro anni che pensa sia importante dimostrarne dieci di meno e che quindi, a forza di botox, finisce per sembrare una sessantenne molto curata. È stata lei a contattarmi su Facebook ai tempi dei miei primi disegni. I suoi messaggi sono podcast che iniziano con "scusa se ti mando un vocale ma non posso scrivere". Un buon titolo per un romanzo rosa o per il verso di una canzone di Tiziano Ferro. È sposata con

Luigi che pronuncia *Luigiui* come certi commentatori in TV che dicono *giuoco* del calcio. Camminarle accanto per strada è una via crucis, ogni dieci passi si ferma, prende il braccio di chi l'accompagna per sottolineare con una pausa i punti salienti del suo discorso, occhi negli occhi. Le prime volte ho temuto un malore, poi ho dato la colpa ai tacchi alti, alla fine ho capito che è un modo, uno dei tanti, per farmi impazzire. Simona ne conosce almeno venti diversi. Il quindicesimo è come mi spulcia le maglie dai peli di Gerundio o mi aggiusta i colletti. Il decimo è che dice *influencer* con l'accento sulla u che fa più internazionale. L'ottavo è che se racconto di un film che non mi è piaciuto secondo lei è perché non l'ho visto in lingua originale.

Ogni volta che sono al limite della sopportazione Simona fa un gesto che mi obbliga a ricredermi. Sempre all'ultimo, sempre in corner, tipo quando si è ammalata mia madre e lei ha telefonato al suo amico primario per avere una diagnosi rapida, o quando mi ha prestato la sua villa a Palinuro per ritrovare l'ispirazione. Perché la gente non può fare schifo e basta? Perché queste sfumature? Sarebbe così bello avere dei motivi assoluti per odiare, senza riserve.

Simona mi porterà nel camerino, lì una ragazza mal truccata e mal pettinata mi truccherà e mi pettinerà, si aggiusterà la frangia e masticherà la gomma per l'intera operazione.

"Mio nipote va pazzo per i suoi libri."

"Dammi del tu, per favore."

"Sì, cara. I capelli te li lasci grigi per scelta?"

"No, mi sono svegliata così stamattina, per lo spavento dopo un brutto incubo."

"Davvero?"

"No."

E sorrideremo di imbarazzo entrambe. Un ragazzo gentile mi metterà un microfono trafficando tra giacca e camicia, e cercherò di ricordare l'ultima volta che un uomo ha trafficato con la mia giacca e la mia camicia per togliermele. Ho simpatia per i tecnici, del suono, delle luci, tutti, sono distaccati, hanno visto troppa gente che ci crede per crederci loro. Sanno che la vita è poco palcoscenico e tanto, tantissimo backstage. Si vestono di nero e hanno pantaloni con le tasche, come negli anni novanta, se smontano i palchi dei concerti portano i dreadlock e custodiscono lo sguardo aggressivo dei frequentatori dei centri sociali.

Mi raggiungerà la presentatrice con la sua cartelletta da presentatrice, il fondotinta da presentatrice, la voce da presentatrice, mi parlerà fitto e io annuirò: "Fanno entrare il pubblico... tu resti qui... che bel rossetto, stai benissimo... c'è il leggio, hai l'archetto... come in prova, quando parte la sigla *Ottavia Meraviglia tutta coccole e vaniglia*, il ragazzo entra sui pattini, poi ci siamo noi, senti pronunciare il tuo nome, vai."

I bambini faranno i bambini, avranno fretta di togliersi giubbini e cappotti, l'inverno è questo per loro: una lunga lotta contro giubbini e cappotti. Scopriranno la vera meraviglia del teatro che sono le sedie, apriranno le poltroncine chiuse con il loro peso in un rumoroso scatto, su e giù, le maestre cercheranno di farli stare composti. Basterà convincerne un paio e gli altri si fermeranno di conseguenza, da piccoli si va a cordate.

Così il 18 dicembre alle ore 10.45 salgo sul palco dell'Auditorium e i bambini applaudono, non applaudono me, applaudono perché è bello farlo, possono battere le mani e saltellare senza che le maestre li sgridino, applaudono la loro voglia di applaudire. Non li vedo, ho le luci puntate addosso, ma li so. Sul fondale proiettano le illustrazioni del mio ultimo libro, compare un grande iceberg che Orangostanco gratta per farci una granita, in scena un ballerino brasiliano sovrappeso volteggia sui pattini, indossa un costume di gommapiuma con le sembianze di Ottavia Meraviglia. Il ballerino scivola via.

La presentatrice chiama il mio nome, mi siedo sullo sgabello. Ringrazia l'assessore che è in prima fila, ringrazia le scuole, ringrazia il teatro, ringrazia le maestre. Continua a ringraziare e i bambini bisbigliano. Prima piano e poi sempre più forte. Sono seduta di tre quarti, mi giro a guardare l'iceberg alle nostre spalle. La presentatrice si rivolge a me.

"Lo dici tu a questi bambini che se non stanno zitti e non fanno i bravi, non avranno regali da Babbo Natale?"

Fisso l'iceberg del fondale, l'ho disegnato proprio io, fa impressione vederlo lì, enorme. Il *Titanic* l'iceberg non l'ha visto arrivare eppure doveva essere ben più grande di così. Era buio, c'era nebbia, faceva freddo. È facile anche che al primo schianto il *Titanic* abbia pensato: Ehi, tranquilli, sembra peggio di com'è. Sembra spesso peggio di com'è. Vittoria un annetto fa ha battuto la fronte, c'era sangue ovunque, ma quando tutto è stato ripulito il taglietto era microscopico. Un addio, una sconfitta, un litigio, sembrano spesso peggio di ciò che sono. Il più delle volte.

"Antonia, posso chiamarti Toni, vero?" la presentatrice mi guarda con i suoi grandi occhi bovini.

"Toni va benissimo," dico.

"Allora, Toni, lo vogliamo dire a questi bambini?" ripete.

"Cosa?"

"Che Babbo Natale non porta i regali a chi fa il cattivo?"

Non è una domanda retorica, vuole proprio che le risponda. Respiro.

"Io a questi bambini dico che possono fare quello che vogliono, perché Babbo Natale non esiste."

L'ho detto. *Babbo Natale non esiste.*

Ed è peggio di come sembra.

Rovaniemi, 27 maggio

Cara Vittoria,

credo che questa mia email ti sorprenderà, di solito sono i bambini a scrivere a me, non il contrario. Devi sapere che a volte faccio uno strappo alla regola, soprattutto quando mi capitano ragazzine di buona volontà e ho un po' di tempo libero (a maggio al Polo è bassa stagione). Ho apprezzato ogni tua lettera, le tengo qui con me, soprattutto quella del 2019 dove mi hai disegnato magro e ben vestito, sembro anche più giovane! Nel tuo dipinto del 2020 però sono bello tondo come sempre, il lockdown si è sentito anche qui. Non sai quanto mi faccia piacere chi usa la carta. Molti bambini ormai mi inviano elenchi di link di Amazon su WhatsApp, mi prendono per Bezos, ma non sono Bezos, lui per volare si deve comprare la navicella della Nasa, io ho ancora la mia slitta che non inquina. Tra l'altro mi scuso per non averti portato il maggiordomo che desideravi, solo che ci voleva un contratto di assunzione e qui in Lapponia abbiamo un regime fiscale diverso. Non credo che tu sia pratica di queste faccende e non voglio ammorbarti con questioni burocratiche, ma siamo esperti in beni di consumo e non in servizi alla persona, mi spiace.

Veniamo a noi. La maestra ti dice che devi imparare a fare una cosa alla volta, non vorrei smentirla ma è importante che tu sappia farne almeno due alla volta: promettere e mantenere. L'anno scorso ho chiuso un occhio su alcuni tuoi comportamenti, avevi sette anni e solo io so quanto i bambini si meritino una seconda possibilità. Ora però ne hai otto, stai crescendo e ti posso parlare con schiettezza: avevi promesso di essere più ordinata, di guardare meno video, di ascoltare i grandi e di non offenderti per qualunque cosa, mi duole dirti che alcune di queste promesse sono state disattese. Ora non ti arrabbiare con la mamma, non ha fatto la spia, è che io so tutto. Non ti arrabbiare con la mamma, questo te lo ripeto, la conosco da quando era alta così (qua immaginami in piedi mentre faccio un gesto con la mano dove finisce il mio stivale), era davvero una brava bambina.

Le mie parole prendile più per consigli che per obblighi, conviene partire con qualche mese di anticipo, bisogna seminare bene per raccogliere anche meglio. E ora devi seminare con il tuo buon comportamento per raccogliere i frutti sotto l'albero di Natale. So che capirai, sei sveglia e ti impegnerai per diventare una persona sempre più in gamba. Però vedi tu.

Babbo Natale

P.S. Non dire a nessuno di questa nostra corrispondenza o mi metterai nei guai, non dovrei fare favoritismi, è nel giuramento che ho firmato.

P.P.S. Fai la brava bravissima.

Casa mia, 29 maggio

Caro Babbo Natale,

mi è preso un colpo quando ho visto il tuo nome nella posta di Classroom, ho detto forte OMAMMAMIA *qua c'è un compito che non ho fatto. Non dirò a nessuno della tua lettera, ma chiedo al nonno di correggere le mie perché ho paura di fare troppi errori. Mio nonno non lo conosci, non andavi da lui, da lui ci andava Gesù Bambino e gli portava i mandarini. Un po' pochino come regalo, non credi? Tu sei Gesù Bambino da vecchio?*

Ti prometto che farò la brava, ma mamma mi guarda sempre con gli occhi come se avesse il sole davanti che le dà fastidio, papà invece no. Lui gioca, ha il cane e ha una fidanzata simpatica, si chiama Eleonor.

Ele aspetta una sorellina. Non è che arriva una sorellina a Eleonor, è Eleonor che avrà una bambina. Di piccoli ne ho visti pochi, ma so che sono magici, perché ruttano, scoreggiano, vomitano e sbavano però tutti a dire che carino qua, che carino là. Se faccio le puzze io mi sgridano, ma a me piace, fa ridere. Poi non capisco perché ci si deve vergognare di una cosa che fanno tutti e che fa ridere. I grandi si rovinano la festa. Scrivimi presto.

Vittoria Salmé

P.S. Cosa rispondo ai compagni quando mi dicono che non esisti?

2.

Milo ha sette anni e dorme con la madre anche se la madre lo obbliga a dire a tutti che dorme nella sua cameretta. "Tutti" sono il padre, la nonna, le maestre, alcune amiche della madre, le altre mamme. Ci sono diverse cose che Milo deve evitare di far sapere in giro: che odia le verdure, che guarda il tablet a tavola, che la madre lo aiuta nei compiti. Milo chiede se sono bugie, la madre spiega che non sono proprio bugie, servono per non litigare con papà e con Tutti. A Milo non piace litigare, ma non gli piace nemmeno quando gli dicono fai come ti pare. Quando sta con il padre, il padre gli dà il tablet durante la cena, guardano insieme dei vecchi cartoni di Tom e Jerry e poi si addormentano sul divano. Il padre non gli chiede di mentire sul tablet e sul letto dove dorme. Se potesse scegliere, Milo non leggerebbe mai, gli dispiace aver imparato presto perché ha dato false speranze alla mamma, ma per lui era un gioco mettere insieme le lettere, non si aspettava che poi sarebbe dovuto stare davanti a un libro e sorbirsi tutta la storia, frase per frase. Gli sono piaciute le lettere finché si sono comportate da numeri, poi non più, però non ha il coraggio di dire quanto lo annoi leggere, così si fa portare in libreria e senza farsi notare studia il reparto delle penne, delle gomme, dei pupazzi. L'ultima volta a un certo punto non ha resistito e ha detto: "Voglio lui," indicando il pupazzo di Pandoro.

"Ok, te lo compro se prendiamo anche un libro della serie di Ottavia Meraviglia e lo leggi prima di dormire," ha risposto la madre.

E lui si è fatto comprare il libro per regalo, anche se così sembrava più una punizione. E ha detto: "Grazie, mamma."

"Sei contento, Topo?"

"Sì tanto."

È in libreria che la mamma di Milo ha scoperto dell'uscita di *Ottavia Meraviglia al Polo Nord*: per l'occasione le scuole possono richiedere di partecipare alla presentazione a teatro che si tiene proprio nella loro città, che è anche quella dove vive l'autrice. Come rappresentante di istituto le è sembrata un'ottima idea proporlo alle maestre di suo figlio: un'uscita natalizia, di quelle da finanziare con il Contributo Volontario – in realtà è un contributo obbligatorio che le famiglie devono versare ogni anno alla scuola, ma si chiama volontario così come i servizi igienici si chiamano igienici anche se il bidello Alfonso non li pulisce dal 1990 e la carta igienica non c'è mai.

La mattina della presentazione Milo è seduto in sala, tra i compagni, le maestre e sua madre che si è offerta come supporto. Ha contato tutte le poltroncine della sala e applaudito in tre modi diversi: a mani giunte in preghiera, dita su palmo per traverso e palmo su palmo, ma con poca soddisfazione perché il rumore risulta troppo attutito. La madre riprende tutto col telefono e lui si vergogna perché è l'unico accompagnato da un genitore.

La scrittrice ha appena risposto alla presentatrice con una frase che si è scoperto non era prevista. "Babbo Natale non esiste," ha detto, poi se ne è andata. È seguito un brusio, la maestra Viviana è la prima a commentare: "Oh cazzo." Si sono accese le luci, è entrato in scena il pattinatore vestito da Ottavia che volteggiava ma nessuno lo guardava più. I bambini non hanno mai sentito una maestra dire cazzo, sembra chiaro che la scrittrice si sia messa nei guai e che Tutti siano confusi, e i bambini sanno che un adulto confuso con buona probabilità diventa un adulto arrabbiato.

L'adulto più arrabbiato in sala è l'agente della scrittrice. Lei e Antonia non sono amiche, cosa che ha dello stupefacente considerando che trascorrono insieme molto tempo. Simona Buonanno sembra godere nel rispondere male alle persone, nel farle sentire inadeguate. Antonia ne è imbarazzata. Lei non riesce a rimandare indietro nemmeno il piatto sbagliato al ristorante. La Buonanno prova un gusto sottile a far emergere l'altrui errore, a sottolinearlo, ha uno stile unico nello stizzirsi. Un mese fa Antonia era sul treno per Milano, la sua carrozza era fredda, gelata, non funzionava il riscaldamento. I suoi vicini di poltrona sono rimasti seduti, ognuno nei propri cappotti, seguendo il protocollo da pendolari. All'altezza di Novara è arrivato il controllore a constatare: "Qui si gela." Tutti hanno annuito. "E perché non siete andati in un'altra carrozza?" Antonia non ha saputo rispondere. Ha pensato che si trattava solo di un'ora di viaggio, ma non era quello il motivo. Inerzia, voglia di non disturbare, spirito di adattamento anche quando non c'è nessun bisogno di adattarsi.

Le Buonanno invece non si adattano, sono gli altri a doversi adattare a loro.

"Apri subito!"

Simona batte sulla porta del camerino dove Antonia si è rintanata.

"È aperto."

Ed è vero, la porta non è chiusa a chiave. Antonia è in piedi davanti agli specchi, ha provato diverse facce ma non riesce a togliersi dalle labbra un sorriso sghembo.

"Che hai fatto?"

"Non lo so."

"Stai ridendo?"

"Scusami, davvero, ora torno sul palco e mi invento qualcosa."

"Non puoi tornare sul palco, si sono alzati tutti, scappano."

"C'è un incendio?"

"Non mi fare imbestialire!"

Sulla porta del camerino c'è il fonico. Simona gli urla di andare via, Antonia gli dice di entrare, questione di un attimo, deve togliere il microfono. Così l'agente si agita, la scrittrice e il fonico si sorridono mentre lui la libera dai fili.

"Ho fatto un casino," gli sussurra.

"Mi sa di sì," e le toglie l'archetto. "Posso raccontarvi una barzelletta?"

"Le pare il momento di raccontare una barzelletta?" Simona traffica nella borsa perché non ha riattivato la suoneria del cellulare. Il telefono non l'ha spento nemmeno al funerale di suo padre.

"Fagli raccontare la barzelletta, Simona, ti prego."

"Allora. C'è un pornoattore che deve fare una performance e scoparsi cento donne in due ore davanti al pubblico pagante. Inizia e via una, e via due, il pubblico lo osanna, e tre e quattro, e venti. Pubblico in visibilio. Quaranta, cinquanta, sessanta. Il pubblico urla: 'Sei il nostro eroe.' Ottanta, ottantasette, novanta. Alla novantottesima donna, il pornoattore non ce la fa più, cede, ha una défaillance e molla. E il pubblico urla in coro: 'Ricchione, ricchione!'"

Antonia ride, la Buonanno è prossima all'autocombustione.

"Lei è un maleducato."

"Signora, sto solo cercando di dirvi che la scrittrice qui è piena di fan e di follower, donne, mamme. Con loro non importa se hai sempre fatto dieci, se sbagli non torni a nove, scendi a zero."

Simona Buonanno trova il telefono nella borsa, quattordici chiamate perse, notifiche Facebook sessantotto, Instagram quaranta. Prima di aprirle dice: "Mi sa che questo tizio ha ragione."

Alle 11.10 del 18 dicembre la mamma di Milo che sui social è registrata con il nickname Lucciola Intermittente posta il video dell'Auditorium nelle sue stories e poi la foto di Milo che piange. Sotto scrive: "Questa mattina è successo un fatto gravissimo: un adulto, una madre, una donna, ha infranto i sogni di mio figlio e di tanti bambini come lui. Antonia Baldi ha ucciso Babbo Natale sotto i nostri occhi. Una cosa è certa: se lei tratta come spazzatura la fantasia dei nostri figli, noi tratteremo come spazzatura i suoi libri. #BoicottaOttavia #BoicottaGraffianti."

Milo ha pianto davvero, anzi ha piagnucolato, come hanno piagnucolato anche altri suoi compagni. C'è confusione e la confusione piace ai bambini solo se la creano loro. Ora sanno di dover tornare a scuola, senza nemmeno un passaggio al parco giochi. Il pianto dei bambini è come il vomito o lo sbadiglio, ha un'alta percentuale di contagio.

Antonia implora la sua agente: "Simona, possiamo uscire da questo posto, per favore."

"No, adesso dobbiamo parlare con la casa editrice, saranno furiosi, leggi qui, c'è un hashtag, capisci? Un hashtag: boicotta Ottavia! E stanno riprendendo tutti il post di questa Lucciola Intermittente, pure *Repubblica*. Magari chiamo ChiaraColor, sono la sua agente, fa una diretta per difenderti..."

"ChiaraColor?"

"Sì, l'influencer dell'armocromia, guarda che *La resilienza dei colori* ha venduto più della tua ultima Ottavia, non hai idea di che lavoro abbia fatto su di me, mi ha cambiato la vita."

"Immagino..."

"Poi sai cosa puoi fare subito? Sentire la fidanzata di Cesare."

"Eleonor?"

"Sì, sai quanti follower ha la sua pagina? 138.000."

"Mi sembra un'ottima idea chiamare la fidanzata del mio ex."

"E poi non sta anche per partorire? È perfetta, chiedile di fare una diretta, magari dall'ospedale, lei che legge *Ottavia Meraviglia* al pancione."

Eleonor è un'informatrice dell'acqua. Ogni tanto va a una fonte di montagna, riempie un contenitore e poi lo travasa in bottiglie che hanno un'etichetta con su scritta una parola energetica di buon auspicio come *pace*, *armonia*, *successo*, *amore*. L'acqua nella bottiglia va informata, ovvero le devono essere raccontati desideri, esperienze, in modo da caricarla di positività. In seguito, la si sorseggia.

Due anni prima, quando aveva scoperto che cosa faceva Eleonor, Antonia si era sbizzarrita in diverse chat con le amiche chiamandola La ragazza che sussurrava all'Evian. Rideva dell'assurdità dei suoi rituali. Ma era un riso amaro, che non convinceva: Eleonor con la sua acqua, i suoi venticinque anni, la sua magrezza bionda e compatta, pareva contenta. E Cesare con lei.

Antonia prende le mani di Simona e la guarda negli occhi, solenne. "Simona, tu ti devi ascoltare di più."

"Hai ragione, devo ascoltare di più i miei bisogni, lo dice anche *Luigiui*, ma non ora, ora dobbiamo capire le prossime mosse, fare un piano."

"No, dicevo che devi ascoltare di più le cazzate che dici. Ne dici in continuazione, sono sette anni che non fai altro e sono solo quelle che riservi a me, figurati agli altri."

"Toni, ma ti sei drogata?"

Si lasciano le mani. Simona riprende il telefono. Le sue dita, se non toccano lo schermo, sono piccoli pesci in carenza di ossigeno, si agitano febbrili, in agonia. Le stories della Lucciola hanno 23.000 visualizzazioni. E nei commenti, fissato in alto, si legge da @Graffiantiedizioni: "Abbiamo assistito alla presentazione in diretta Instagram e come tutti i presenti siamo rimasti sconcertati da una dichiarazione assolutamente personale dell'autrice. Il nostro lavoro è creare emozioni positive e far sognare i più piccoli. Quanto è stato detto da Antonia Baldi è totalmente fuori luogo ed è il gesto arbitrario di una singola persona. Per il momento le date di promozione previste per l'uscita del libro sono sospese."

"Bastardi. Che bastardi. Maledetti bastardi. Ora mi sentono."

Simona non dice parolacce, ma *bastardo* le riempie la bocca così bene che lo ripete ancora, ancora e ancora. Chiama Graffianti e si sposta verso il bagno del camerino. Antonia ne approfitta per infilarsi il cappotto e uscire.

Le maschere, pagate per distribuire sticker e cartoline ai piccoli spettatori, si muovono impacciate, reduci tra le rovine della mattina, così come i tecnici della diretta sospesa. Fuori, vicino all'ingresso, il ballerino brasiliano fuma con ancora il corpo di Ottavia addosso, la sua faccia sopra l'enorme busto di gommapiuma sembra un trofeo indio, una testa rimpicciolita degli stregoni dell'Ecuador.

In strada lo scheletro di metallo delle luminarie spente fa l'effetto triste della luna sbiadita in cielo quando è mattina inoltrata. La magia spogliata della magia. Antonia ha intenzione di andare a casa a piedi, ma i tacchi sono scomodi, allora si sfida, andrà avanti finché potrà. A ogni passo sente le tempie pulsarle negli alluci, il telefono nella tasca del cappotto non smette di vibrare. Incrocia una classe, in fila per due, rallenta per non sentire i discorsi dei bambini, ha paura che siano quelli del teatro, che le maestre la riconoscano. Le sembra ieri che anche lei era in fila, accanto a Greco Giuseppe che aveva sempre le mani sporche di inchiostro e chissà cos'altro. Greco Giuseppe aveva scritto MERDA con la sua medesima merda sul muro del bagno, un murale che lo fece entrare nella leggenda della scuola e gli causò l'odio imperituro della bidella Santina, a lui e a tutta la stirpe di fratelli. "Stai vicino ad Antonia che disegna bene," la maestra aveva giustificato così lo spostamento in fila e in classe, come se ci fosse una qualche correlazione tra i suoi unicorni glitterati e l'arte concettuale di Giuseppe. Antonia non voleva stare vicino a Greco Giuseppe, perché scriveva 666 sul banco con il bianchetto e gli dava fuoco con l'accendino rubato al nonno, lei voleva stare con Elisa, ma Elisa era sempre assente. "Che lavoro fa tuo padre, Giuseppe?" chiese un giorno la maestra. "Il morto," rispose lui. Nessuna domanda personale fu più rivolta a Greco Giuseppe.

Una signorina con in testa un cerchietto da renna si sforza di convincere i passanti a salvare il mondo con una firma, "Ho già firmato con il tuo collega ieri," mente Antonia. "Sicura?" "Sicura." La sua mamma aveva preso a rispondere a tutti i call center che la chiamavano per questa o quella promozione con un "Molto interessante, ma sto morendo". Nessuno aveva il coraggio di ribattere, a volte attaccavano, altre si dispiacevano. "Oh signora, condoglianze," le aveva detto un giorno una ragazza dall'accento albanese. "Non si fanno le condoglianze a chi muore, ma a chi resta. Comunque grazie." Quando attaccava ridacchiava, lo trovava buffo. In fondo non stava mica mentendo.

A dieci minuti da casa, Antonia non ha un piano, nessuno con cui commentare quello che ha fatto, non saprebbe cosa dire. Ha una valigia pronta nell'ingresso e nessun posto dove andare. Si passa un dito su una palpebra e se lo ritrova nero di ombretto, non è fatta per il trucco, il trucco è solo un'altra cosa che può andare storta, il minimo miglioramento estetico non vale il rossetto sui denti, il piccolo grumo di matita che si crea nell'angolo interno dell'occhio, il correttore sfumato male come pecetta sulle occhiaie. Se piangesse adesso ci sarebbero troppe cose da risistemare dopo. Ha la tentazione di togliersi le scarpe, ancora due minuti e sarà arrivata. Ma dove? È così triste che le viene da ridere.

Rovaniemi, 2 giugno

Vittoria mia,

purtroppo non sono Gesù Bambino da vecchio, Gesù Bambino da grande era Gesù e basta ma non ha superato i trentatré anni in questo mondo, perché poi lo hanno ucciso. Io faccio parte di un'altra categoria, non quella delle preghiere, ma quella dei sogni. Abbiamo obiettivi simili e ci stanno a cuore i più piccoli perché un bambino felice di solito è un adulto che non fa la guerra. Dico di solito, ma non sono più sicuro di niente, ne ho viste troppe. Però voglio confidarti un segreto: non è mai successo che non portassi un regalo a un bambino, nemmeno a quelli più incorreggibili, e anche questo non si deve sapere. Se ci pensi, sono proprio i bambini che si comportano peggio ad avere bisogno di regali, di attenzioni e anche di me. Io ti sto raccontando troppe cose, piccola Vittoria, devi essere un po' magica tu a farmi parlare così tanto.

Tornando al mandarino del nonno, forse non era solo un mandarino, tu sai quanto lo aspettava ogni mattino di Natale? Quanto quel succo era gustoso e dolce? Prova a chiederglielo, vedrai che ti sembrerà diversa l'importanza di quel frutto.

Se qualcuno ti dice che non esisto, che sono un'invenzione rispondi che anche tu sei stata prima un'idea e poi una persona e così anche la sorellina che sta arrivando: siamo tutti prima delle idee, delle invenzioni.

Babbo Natale

P.S. Mangia le verdure.
P.P.S. Non dire bugie.
P.P.P.S. Fai la brava bravissima.

3.

Ogni volta che lo porto in auto Gerundio ulula il suo disprezzo per il destino baro e crudele. Perché mi fai questo? Perché a me? Lo stesso astio rancoroso di Vittoria nel suo ovetto da neonata: guidare era impossibile, bisognava metterle dei guantini speciali o si graffiava le guance dalla disperazione. "Adesso scendiamo, coglione che non sei altro," gli dico. Gerundio era di mia madre, è vecchio e infeltrito e sa parlare, ora miagola *muoio*, ma gli ho anche sentito chiaramente scandire *mamma*, più raramente *mammamamaiala.* "Guarda che ti sto portando a casa, non la riconosci la strada?" L'auto sale veloce su per la collina, la nebbia resta a valle, nell'abitacolo fa troppo caldo. "Apriamo il finestrino, così non vomiti."

Gerundio è ancora il gatto di mia madre? O è l'ex gatto di mia madre? Si continua a essere di qualcuno anche se quel qualcuno non c'è più? Ci sono ruoli per cui il prefisso ex non vale. Per certi legami non c'è prescrizione mai, oltre il tempo e i fatti della vita. Non si può essere una ex madre o padre, né un ex alcolista, se sei alcolista lo sei e basta, puoi solo scegliere di non bere. Un ex assassino nemmeno, se hai ucciso hai ucciso, oltre ogni pentimento. Anche di alcune malattie non si può essere ex. Io non riesco a pensarmi come ex nemmeno di me stessa, delle me passate, sono un'ex barista, un'ex studentessa ma da qualche parte io sono ancora quella ragazza che serve ai tavoli e quella che studia all'università.

Il cartello mi appare davanti in tutta la sua comica prosopopea:

PAESE DELLE CILIEGIE.
COMUNE GEMELLATO CON VILLEFRANCHE.
COMUNE AMICO DI GRASSE.

"Vedi, Gero, al momento Bucodiculo ha più congiunti e parenti prossimi di noi." Bucodiculo è come abbiamo ribattezzato il paese in famiglia. Non vengo dal giorno in cui hanno portato via la mamma con l'ambulanza e sono rimasta sulla porta, con il gatto in braccio per non farlo fuggire. Prima di andarmene avevo svuotato il frigo e chiuso l'acqua, Gerundio si era fatto mettere in auto senza imprecare. A posteriori mi sono detta che se non lo avessi fatto, se avessi lasciato il frigo acceso e pieno, la mamma sarebbe sopravvissuta, in qualche modo lo svuotamento era la resa, l'ammissione implicita che non avrebbe più mangiato in quella cucina.

La casa è intatta, è la mamma che è sprofondata sottoterra. Al funerale la bara andava giù e io pensavo che una persona morta è proprio questo: una città che sprofonda. Da un giorno all'altro Dublino non c'è più. Da quando non andavi a Dublino? Dalle superiori, magari non ci saresti più tornata, ma ora che Dublino non c'è senti di aver bisogno di quelle vie, dell'odore, dell'umidità, delle arpe celtiche, delle volte che hai rischiato di farti investire dimenticando la guida a sinistra. Una persona che muore porta via pezzi di mondo, una voragine che fa franare la terra intorno. Chi resta non ha più un posto dove tornare. Non tutti sono Dublino o Parigi, in ospedale ho visto vecchi andarsene nel silenzio, forse borghi che sprofondavano senza clamore perché non li abitava più nessuno, paesini che da vivi erano già cimiteri. Che città era la mamma? Forse una città di mare, non sapeva nuotare ma il mare le piaceva, ne era ossessionata, "Respira lo iodio, fa così bene lo iodio" "A cosa fa bene lo iodio, mamma?" "A tutto." Non importava che fossero gli anni in cui uscivi dall'acqua col costume zuppo di catrame come un cormorano del Golfo Persico, il mare era un toccasana a prescindere. Per la mamma faceva bene a tutto anche la soluzione Schoum, la beveva dalla bottiglia a piccoli sorsi e sembrava liquore Strega. Il paese non è sprofondato ma è pieno di ricordi insidiosi. Eppure al momento il mio futuro mi spaventa molto più del mio passato.

Parcheggio nello spiazzo accanto al ciliegio, il motore si ferma, il miagolio straziato di Gerundio prosegue. "Pare che non siamo soli, non ti muovere," gli dico. Sotto il pergolato spoglio c'è qualcuno, è sdraiato sulla panca di pietra, potrebbe dormire o potrebbe anche essere morto.

Metto a fuoco, mi formicolano i piedi e le mani: "Sei tu?" Sembra lui, ma non risponde. Gli sono a fianco, il respiro sospeso, lo sguardo dall'alto dei bimbi che esaminano il rospo fermo sull'asfalto, senza capire se salterà. E lui salta. Allunga il braccio in uno scatto e mi pinza il ginocchio mentre strilla un *ya-uuuu!* da cowboy. Cado all'indietro producendo un singulto strozzato.

"Oddio, Toni, scusami, era uno scherzo!"

Cerca di aiutarmi ma io indietreggio sul sedere e realizzo che non ho di fronte uno sconosciuto, ho di fronte un fantasma, un fantasma con mani forti come tenaglie, perfette per fare il morso del cavallo, mani che conosco.

"Però che rumore strano hai fatto. Da che parte del corpo è uscito? Sembrava il muggito delle scatole sonore dei bambini, quelle che si girano. Se ti giro lo rifai?"

Mi fa male il fianco sinistro.

"Te lo ricordi Guido? Il mio amico, quello che aveva la Due cavalli, una sera tornavamo a casa e ci tagliò la strada un cinghiale. Guido sterzò e mentre sterzava gridò: 'Dio Aldo Moro!' Quanto abbiamo riso, chissà come gli era venuta."

"Giulio," lo correggo.

"Cosa?"

"Giulio si chiama, non Guido, si chiama Giulio, e il cinghiale lo avevate preso in pieno. Vi ha recuperato papà, nel cuore della notte giù per il fosso."

"Giulio?"

"Sì. Giulio Comandini, fa il dentista."

Rimaniamo in piedi l'uno davanti all'altra, le ombre si allungano, io tremo, forse è il freddo.

"Che dici, ci abbracciamo sorellina?"

"Non so se sono ancora la tua sorellina."

"Hai fatto le pratiche di disconoscimento come un tempo? Bastava farti arrabbiare che arrivava una tua lettera in cui rinnegavi ogni legame con la tua famiglia."

Il fantasma mi abbraccia, io resto rigida, con la guancia appoggiata al suo maglione.

"Sono anni, Andrea."

"Lo so."

Lo so lo sento con l'orecchio destro, nel rimbombo della sua cassa toracica, perché l'altro orecchio è chiuso dalla sua mano che mi trattiene la testa.

"La mamma è morta." Mi esce storpiato perché ho le labbra premute sulla lana.

"Lo so."

"E tu non c'eri."

"Lo so."

Faccio un leggero su e giù con la testa, forse per annuire o forse perché la ciocca di capelli ferma tra maglione e fronte mi prude.

Quando ci sono troppe cose da dire si inizia sempre con il silenzio. Gerundio, appena entriamo in casa, corre sotto il letto della mamma, si aspettava di trovarla sdraiata davanti a un film di Rete 7 o di GRP.

"Sei l'unica a vedere questa roba," le dicevo.

"Sono i film dimenticati che non vuole nessuno, nemmeno i pomeriggi di Rete 4, mi fa piacere guardarli."

"Solo tu puoi scegliere i film per compassione."

"Non è compassione, è fedeltà."

"Se vuoi ti ho portato una scatola di DVD."

Un'alzata di spalle. La mamma era campionessa di alzate di spalle che significavano grazie ma no, grazie.

La casa si sgranchisce i muri portanti, si rianima.

"Apriamo solo le stanze di sotto?"

Le stanze di sotto sono la camera di mamma e la sala che fa anche da cucina.

"Vuol dire che non ti fermi per la notte?"

Glielo chiedo mentre Andrea spalanca le finestre per far entrare l'aria fresca, il sole sta calando. Dice di sì, si ferma ma dormirà in salotto, perché non riesce a dormire nei letti.

Sono stupita. "Ma da quando?"

"Da allora."

Ventitré anni da sorella minore, diciassette da figlia sola, unica mai. La mia vita si può dividere così. In mezzo, come un'ascia, quell'allora. Trentadue da non madre e otto da madre. In mezzo il parto. Quaranta da figlia e pochi mesi da orfana di madre. I fatti che mi hanno aperto la vita a metà.

"Perché sei tornato ora?"

"Toni, resto solo se smetti di farmi domande."

Apro il gas e accendo la caldaia, non c'è legna per il camino. Ho freddo, non è mai abbastanza caldo per me. La nonna mi preparava la borsa dell'acqua calda da tenere sotto le coperte, un'abitudine che durò finché la borsa si bucò e Andrea mi fece credere che mi ero pisciata addosso mentre dormivo.

Richiudiamo le finestre.

"Perché sei venuta qui?"
"Tu puoi farle le domande, quindi..."
"Sono tornato per questo."
"Ho fatto una cosa stupida e ora non so bene come rimediare."
"E allora ti nascondi?"
"Sì."
"Giochi alla bambina che scappa dai nazisti?"
Alla materna amavo i nascondigli, gli armadi, i sottoscala, le tane, i fortini, i tepee con le coperte. Ero il pesce che nella piccola boccia cerca l'ancor più piccola grotta di corallo. Andrea preferiva gli alberi, salire sui rami, vedere dall'alto, sputare noccioli di ciliegia sulle teste delle zie.
"Mi avevi raccontato la storia di papà che era circonciso e che quindi anche noi, in caso di guerra, saremmo stati perseguitati come gli ebrei."
"Papà è circonciso?"
"Ma non lo so, me lo avevi detto tu, nemmeno avevo idea di cosa significasse."
"Che cattivo che ero, hai fatto bene a disconoscermi."
"Ho fatto bene sì, quando uscivo dai nascondigli fingevi di sentire la mia voce ma di non vedermi e io piangevo disperata. Pensavo di essermi nascosta così bene da essere diventata un fantasma."
Andrea ride. "La prendevi male tu, pensa che bello vedere senza essere vista. Ascoltare il mondo che va avanti senza di te."
"C'è il rischio che vada avanti bene."
L'orologio della cucina funziona, sono le cinque e mezza.
"Secondo te la mamma ci vede senza essere vista?" Lo dico abbassando la voce, come se fosse lì con noi.
"Le mamme lo fanno già da vive, figurati quando muoiono."
Annuisco. "Se vogliamo mangiare qualcosa dobbiamo andare a fare la spesa."

Andrea deve aver imparato a occuparsi di cose terrene come nutrirsi, da ragazzo mangiava quando si ricordava, il cibo era carburante, faceva il pieno quando serviva.

"Cerca nel sottoscala, ci dovrebbero essere scatolette, pacchi di pasta... Io non ho molta fame comunque."

Andrea si guarda i piedi, come se potesse trovare lì la voglia di muoversi. Ha qualche chilo in più, si è irrobustito. È sempre Andrea, sull'orlo instabile della disarmonia: il naso grande, d'aquila; le sopracciglia folte che da bambino si univano in un ciuffetto al centro della fronte; l'incisivo più scuro, *morto* aveva detto il dentista, dopo una caduta con gli sci. Una piccola lapide beige tra gli altri denti bianchi, il sorriso vivace, più forte di mille risate. Tuo fratello è un figo. Me lo sono sentito dire decine di volte dalle amiche che venivano a studiare. E lui le salutava, mentre entrava in camera con una ragazza ogni volta diversa.

Io mi divertivo a dare un nomignolo a ognuna di loro. La biondina tutto pepe venuta da Martina Franca per fare ingegneria, una bomboniera di uno e cinquantacinque, all'inizio l'avevo soprannominata Trilly che era diventato Trully per via dell'accento pugliese. Poi c'era Ciucciobene, irlandese di Cork, quando la mamma le chiedeva come stai rispondeva *Ciuccio bene*, invece di Tutto bene. Aveva la faccia di una che ciucciava bene, ma Andrea era troppo signore per smentire o confermare. Bob era alta e magra con capelli lunghi e lisci, Bob come il demone di *Twin Peaks*. In realtà non se lo meritava quel nome crudele, al massimo poteva somigliare a Patty Smith, ma la odiavo con particolare determinazione perché aveva avuto una storia anche con Cesare. Cesare era il migliore amico di Andrea, non c'è niente di più affascinante dell'amico di tuo fratello maggiore, soprattutto se suona e arrampica e ha il piercing al sopracciglio.

Era così lontano e così vicino, dall'altra parte del muro che divideva la mia camera da quella di Andrea. Mi sedevo sul letto e immaginavo di avere la schiena che combaciava con la sua, mi sembrava di sentire il battito del suo cuore attraverso la parete. Un pomeriggio mi capitò di appoggiare con troppa convinzione la nuca al muro in un piccolo tonfo, dall'altra parte di rimando arrivò un rumore gemello. Trattenendo il respiro osai due colpetti con le nocche, se mi risponde mi ama, pensai. Due colpetti echeggiarono di là. L'amico di mio fratello mi ricambiava.

Anni dopo, quando Cesare divenne il mio fidanzato e poi il mio compagno, mi disse di non ricordarsi affatto dell'episodio dei battiti.

Per quanto riguarda le ragazze, Trully, Ciucciobene, Bob e le altre, prima o poi andavano a piangere da mamma perché Andrea non si era fatto più sentire, perché Andrea aveva tradito, perché Andrea era Andrea. Lo chiamavamo Il pellegrinaggio: "È venuta X in pellegrinaggio per te, disgraziato, ho un figlio disgraziato," e sorrideva orgogliosa. Papà non lo capiva, quel viavai di amici e amiche, lo subiva, i ragazzi con i ragazzi, gli adulti con gli adulti, sono faccende loro. E si chiudeva in solaio, a leggere, la stanza tre gradi più fredda del resto della casa in inverno, dieci gradi più calda in estate. Papà, l'eremita.

Sono passati anni, ere geologiche da allora, chissà se Andrea mi trova diversa? Al funerale di mamma erano arrivati cugini che non incontravo da secoli, parenti che non sapevo di avere, e per tutto il tempo mi ero detta che vecchi, madonna che vecchi, con la certezza che stessero pensando lo stesso di me. Il ritratto di Dorian Gray è la tela interna della nostra coscienza che ci fa sentire più giovani di quello che siamo. Perché quella commessa mi chiama signora? Perché mi mostra questo vestito da anziana? Perché devo cominciare a fare una mammografia all'anno? Perché il mio ex può avere una figlia nuova, una vita nuova e io devo solo veder invecchiare la mia di vita?

"Mettiamo un po' di musica?"

"Temo non ci sia più un lettore CD funzionante e il giradischi l'ho portato da me tanti anni fa."

Accendo la radio sopra il frigo, Radio 3. L'intervistatore, tutto concentrato a dire la sua, non ha quasi mai interesse ad ascoltare la risposta, gli sarebbe sufficiente un giro su Google per un chiarimento. "Come possiamo definirti? Io proporrei la figlia di Salgari e Cracco," mi ha detto una volta un conduttore. Salgari per via delle avventure in giro per il mondo e Cracco per via delle ricette, aveva poi puntualizzato. Salgari si è sventrato sotto un albero, povero e circondato da morte e pazzia. C'è un limite anche all'arguzia ardita.

Nelle occasioni pubbliche mi imbarazzo, esagero nell'entusiasmo o mi spengo all'improvviso, ma questa mia inadeguatezza è presa per bizzarria e col pubblico funziona. La Buonanno mi accompagna e poi flirta con questo e quello, ha un fiuto eccezionale per la gente di potere.

Sintonizzo su Radio 2, c'è uno scrittore che fa anche l'opinionista, l'ho conosciuto a un festival qualche anno fa, schiavo della battuta, uno di quelli che dopo averne detta una ti guardano con l'aria buona questa, eh? Che dopo aver fatto sesso ti guardano con l'aria sono stato bravo? È romano. Molto romano. Sono contenta di non esserci andata a letto, ce n'era stata l'occasione. Dice che questa mattina è successo qualcosa di più scioccante della morte der Cavallo de Atreiu nelle paludi della tristezza della *Storia infinita*. Più de quanno j'è morta mamma a Bambi. Un evento che l'ha sconvolto più de aver capito che la canzone di Heidi diceva *il tuo nido è sui monti* e non *te sorridono in molti*, come pensava lui. Babbo Natale era stato ammazzato in diretta.

"Stanno parlando di me."

Andrea esce dal sottoscala con delle acciughe e una bottiglia di passata.

"In che senso?"

Il conduttore e lo scrittore romano raccontano i fatti della mattina, ridono: e come faccio adesso a dire a mia figlia di fare la brava? Come la ricatto? La notizia è uscita anche all'estero, l'hanno rilanciata sul *Daily Beast*. Poi si collegano con la donna che ha denunciato il fatto, la donna che era presente all'Auditorium e ha registrato tutto, la mamma di Milo. Spengo, la testimonianza non la posso reggere.

Andrea mi guarda in attesa di spiegazioni.

"Sai che scrivo quella storia di Ottavia Meraviglia?"

"Certo che lo so."

"Non è certo niente, non ci sentiamo da un secolo."

Andrea fa sì sì con la testa, che ho ragione, ma con un cenno della mano mi invita ad andare avanti.

"Stamattina dovevo fare uno spettacolo per le scuole, una cosa importante."

"E..."

"E niente, sono salita sul palco e ho cominciato, ma mi sembrava tutto così falso, opprimente, la presentatrice mi guardava con certi occhi e mi è uscita questa cosa. Ho detto che Babbo Natale non esiste."

Andrea scoppia a ridere, nel suo modo cavallino, una risata che impenna.

"Ma perché ne parlano alla radio?"

"Sai come funziona il mondo ormai: io ho abbandonato il palco, hanno postato la cosa sui social, mamme e maestre sono impazzite, mi ha mollato anche la casa editrice, pare."

"E quindi sei scappata qui."

Diventiamo tutti e due seri.

"Ma come ti è venuto in mente?"

"Non lo so, ero lì, non avevo la forza di andare avanti e neanche di tornare indietro. Avevo bisogno di una via di fuga. È come se si fosse inceppato il meccanismo."

“Ma fa ridere *Babbo Natale non esiste*, non posso credere che ci sia qualcuno pronto ad arrabbiarsi per una cosa del genere.”

“Non ho pensato alle conseguenze. Ma i bambini hanno pianto.”

“I bambini...”

“Sì. I bambini, Andrea. È la prima regola. Non si toccano i bambini. Poi non si toccano le donne. E poi non si toccano i gay.”

“Allora poteva andare peggio, potevi dire che la Befana è grassa e Babbo Natale è gay.”

“No, sarebbe stata una mossa intelligente... purtroppo già fatta. Un paio di anni fa è uscito uno spot, mi pare per le poste norvegesi, dove c’è questo cinquantenne innamorato di Babbo Natale che aspetta di vederlo ed esprime il desiderio di passare la notte con il suo amore. E niente il cinquantenne finisce a letto con Babbo Natale.”

“Non ci credo.”

“Giuro.”

“E nessuno si è arrabbiato.”

“Ma no, quella è una trovata per i diritti civili. Comunque oggi non ci voglio pensare, per ora mi sono imposta di non leggere i commenti. Magari più tardi.”

“Io ho risolto il problema dei social con questo.” Agita in aria un vecchio telefono Nokia.

“Tu hai risolto non chiamando nessuno.”

“La mamma sì.”

“Avevate ripreso a sentirvi?”

Andrea annuisce. “Non abbiamo mai smesso.”

Una mosca vola lenta, è una mosca in fin di vita, basterebbe un buffetto per ucciderla, ma non ha senso colpire una mosca in agonia. Gli ultimi mesi non riuscivo più a litigare con la mamma, la malattia ci aveva tolto la voglia. Prendo la mosca nel pugno e la butto fuori dalla finestra. Dopo ci accordiamo su una pasta alla carrettiera. Fai andare le acciughe con il peperoncino e l'aglio e poi ci butti la passata, salti la pasta e via, direttamente da *Ottavia Meraviglia scopre la Sicilia*.

"Credo che uscirò a fumare, così l'acqua bollirà prima."

"Puoi fumare anche dentro, non c'è più nessuno da cui nascondersi."

"Ho voglia di sentire il freddo del buio."

Andrea gira la sigaretta in casa e apre la porta.

"Attento a Gerundio, se esce non lo troviamo più."

Lo osservo dall'altra parte del vetro, ogni volta che prende una boccata la punta della sigaretta diventa incandescente e gli si illumina il profilo, è lì, non c'è più, poi c'è di nuovo, poi non c'è più. "I miei polmoni sono pieni del fumo della tua assenza," lo dico ad alta voce mentre scolo la pasta e il vetro si appanna. È Carver, quale poesia non lo ricordo. Vabbè.

Casa mia, 13 giugno

Caro Babbo Natale,

è finita la scuola! Eleonor mi ha detto che in Finlandia "guarda il mare" si dice cazzo merda. *È vero?*

Mi hai chiesto di non dire le bugie, ma i grandi sono bugiardoni. Sai quante volte la mamma si inventa che dobbiamo correre a casa per non andare al parco giochi perché io ho chitarra? Tantissime. E devi vedere come mi strizza la mano se mi lamento che chitarra ce l'ho solo il martedì.

Posso chiederti se sei nato vecchio, tipo il contrario di Peter Pan che è rimasto bambino? E se sei stato bambino, volevi fare Babbo Natale da grande?

Sempre tua amica,
Vittoria Salmé

P.S. I mandarini devono essere stati importanti per il nonno, ma a me per favore non portarli, non mi servono, li ho già.

4.

Il papà di Milo si chiama Riccardo. È più basso di quanto ritenga di meritare, con l'attaccatura dei capelli regolare e compatta da centurione romano. Siccome è avvocato non ha voluto mettere in mezzo altri avvocati nella sua separazione, ha ceduto a tutte le richieste di Monica, spesso ci si accorge di avere una coscienza proprio quando è sporca. La sua l'aveva sporcata in un viaggio a Londra, per un corso di perfezionamento con Stefania, ultima arrivata nel suo studio. Si illudevano di non essere solo amanti. Si chiamavano fidanzati, per dare alla relazione un aspetto più accettabile. Cosa sono io? Sei la mia fidanzata, e io? Il mio ragazzone.

Un'altra cosa che fanno gli amanti è essere meticolosi nella somministrazione di dettagli ai rispettivi coniugi, la volta di Londra Riccardo aveva addirittura lasciato il numero dell'albergo dove dormiva, perché più cose hai da nascondere più conviene lasciarle alla luce del sole, in bella vista. Tanto nessuno avrebbe mai usato quel numero. Il padre di Monica però morì improvvisamente nella notte, Riccardo non rispondeva al cellulare e il numero venne usato. Il concierge disse che il signore era appena uscito dall'albergo *with his wife*. Ma sono io la *wife*, rispose Monica in lacrime. *Ah… maybe a colleague*? si corresse lui.

Meibi a colig risuona ancora nei racconti di Monica, come una formula magica, come l'essenza del più vile dei tradimenti.

Non sottovalutare mai una donna tradita, soprattutto se ha perso il padre da quattordici ore. Seguirono giorni intensi. Riccardo lasciò Stefania, chiese perdono senza convinzione, fu perdonato per finta, il matrimonio tirò avanti sei mesi finché Monica decise per la separazione, fu un sollievo. In tutto questo Milo era stato a guardare, tre è un pessimo numero quando ci si lascia.

"Cosa devo fare per farti stare meglio? Ammazzarmi?" aveva detto Riccardo a Monica una domenica, all'ennesimo attacco di pianto isterico di lei.

"No, mi servi in vita, per ricordarmi dove non voglio mai più tornare." Si era sentita nel giusto mentre pronunciava quel verdetto, le era piaciuto.

A Riccardo non pareva di aver fatto nulla di tremendo, a parte essersi reso ridicolo. Quindi era rimasto in vita per ricordare alla sua ex moglie dove non tornare, lavorava molto, pagava gli alimenti, praticava la boxe con assiduità, teneva Milo un weekend sì e uno no oltre a tutti i mercoledì, e apriva con terrore i messaggi di Monica perché erano vocali dal fronte.

Quello che pensava Riccardo è che due persone raramente vogliono fare il bene l'una dell'altra quando si erigono a difensori della coppia, che diventa un campo prima di gioco e poi di battaglia. Per esempio, Monica non poteva sopportare che lui si allenasse in palestra, che si divertisse senza di lei, perché era fuori dalla sua giurisdizione. Non importava che rendesse felice lui, perché questa felicità non la riguardava. Dopo la crisi Milo era diventato anche lui prima campo di gioco e poi, lentamente, campo di battaglia.

I bollettini dal fronte riportavano cose come: *Milo mi ha detto che siete usciti con una tua amica, vorrei essere informata su chi frequenta MIO figlio, per non confondergli le idee. Milo è raffreddato, sei pregato di vestirlo meglio. Milo deve fare una ricerca sulle abitudini alimentari degli etruschi, mi raccomando almeno quattro pagine.* All'inizio Riccardo rispondeva che l'amica in realtà era una mamma incontrata al parco, casualmente, oppure che Milo, il LORO figlio, era un bambino ed era facile che a gennaio i bambini prendessero il raffreddore, o ancora che la ricerca era di una facciata e basta perché gli etruschi pare mangiassero solo focaccia, sperava di farla ridere, ma lei s'inferociva sempre. Presto aveva capito che la cosa migliore era tacere. Come nel tai chi, non doveva attaccare, non doveva difendersi, doveva far trovare all'altro il vuoto dove si aspettava il pieno. Doveva farla desistere. E per lui non era difficile, anche perché aveva un grande vantaggio su Monica: non era ferito. E a questo vantaggio se ne sommava un altro non trascurabile, cioè non era più innamorato.

Papà a te la mamma è simpatica? gli aveva chiesto Milo una sera mentre cenavano sul divano. Mi fa ridere, era stata la risposta, che il figlio aveva preso per un sì.

Il 18 dicembre è un mercoledì e Milo dopo la scuola dovrebbe passare la giornata con Riccardo. All'ora di pranzo Monica lo chiama per avvisarlo del fatto gravissimo accaduto la mattina e che preferirebbe tenere lei il bambino. Riccardo fa finta di capire ma non capisce davvero, i pesi e le misure che usa la sua ex moglie non sono i suoi, le dice che comunque passerà da casa per un saluto verso le sei. Alle quattro del pomeriggio il video di Monica è su *Repubblica.it*. C'è anche la foto di Milo, con una mano sugli occhi e una didascalia: "Un bambino presente allo spettacolo che piange dopo la rivelazione della Baldi."

Riccardo chiama Monica dalla macchina e trova sempre occupato. Da ore la mamma del bambino che piange è bombardata da richieste di interviste. Quando finalmente al sesto tentativo risponde, Riccardo non perde tempo in convenevoli.

"Cos'è successo? Chi ha scattato la foto a Milo?"

"Intanto calmati, gliel'ho scattata io, ma non è il punto."

"Cosa vuol dire che l'hai scattata tu? L'hai mandata ai giornali?"

"No, l'ho postata su Instagram, ma ti ripeto: non è questo il punto."

"Il punto è proprio questo, invece. Mi rompi i coglioni per ogni singolo starnuto che faccio in presenza di nostro figlio e io sto sempre zitto. Sai benissimo che non voglio Milo sui social, ne abbiamo parlato, e pensi che far apparire la sua faccia sulle prime pagine dei giornali non sia il punto?"

"Tu non capisci, è successa una cosa gravissima, quella ha traumatizzato Milo e tanti bambini con lui. È un fatto di principio, siamo diventati così cinici, così cinici, invece di arrabbiarti con me, dovresti denunciarla!"

"Sto arrivando a prendere Milo, preparalo e fallo scendere quando suono."

Ha il tono da avvocato, basso e calmo, spietato, sa di avere ragione e non intende discutere un secondo di più.

Milo sa fare le moltiplicazioni e le divisioni a due cifre, sa l'Ave Maria e il Padre Nostro, sa piegare la lingua a cannolo e a fiore, sa disegnare un cavallo piuttosto proporzionato, sa fischiare, sa nuotare a stile libero anche se non gli piace, sa a memoria una canzone di Tha Supreme che non vuol dire assolutamente niente. Non sa tuffarsi di testa, non sa schioccare le dita, non sa dire tre tigri contro tre tigri, non sa rispondere agli adulti. Dicono che i bambini passino la fase dei perché, perché quello e perché l'altro, ma a lui sembra il contrario, sono i grandi a chiedergli continuamente il perché delle cose: perché fai così? Perché non sorridi? Perché non parli? Lui non sa rispondere, nemmeno quando il padre, una volta saliti in macchina, gli chiede se è triste.

"No. Non credo."

"Sai cosa vuol dire essere triste?"

"Quando è morto il coniglio."

"Ecco, sei triste così?"

"Se ci penso torno triste, ma no."

A Milo piace andare in macchina con il padre, perché il sedile davanti si scalda premendo un bottone. Non gli piace stare dietro, quando Riccardo gli chiede di guardare la strada e dargli il via libera, ha il terrore di sbagliare e causare un incidente. Da qualche parte nella sua testa si dice che se il padre si fida di un bambino di sette anni per fare manovra forse quel bambino di sette anni non si deve fidare del padre. Non sa che Riccardo gli chiede di guardare la strada proprio per infondergli fiducia e intanto compie la manovra con gli occhi fissi sullo specchietto retrovisore.

"Però oggi hai pianto, mi racconti cos'è successo?"

"Non te l'ha detto mamma?"

"Voglio sentirlo da te."

"Siamo andati a teatro, poi si è fermato tutto."

"Sai perché si è fermato tutto?"

"Perché la scrittrice ha detto una cosa che non doveva dire."

"E questa cosa ti ha fatto piangere?"

Milo scuote la testa.

"E perché hai pianto allora?"

"Perché non volevo tornare a scuola."

"E perché non l'hai detto alla mamma?"

"Perché non me l'ha chiesto."

"E quello che ha detto la scrittrice ti ha fatto arrabbiare?"

Milo scuote di nuovo la testa. "L'avevo già sentito da Matteo quest'estate."

"Tuo cugino ti ha detto che Babbo Natale non esiste?"

Milo annuisce.

"E allora perché non l'hai raccontato alla mamma?"

"Perché lei ci crede."

Riccardo sorride e Milo sprofonda ancora di più nel sedile, soddisfatto. Ha risposto bene a tutto, almeno così gli pare.

Dopo cena guardano un film della Marvel, Riccardo non capisce la trama perché intanto fa ricerche sul cellulare, scandaglia commenti sulla scrittrice. Ricorda vagamente di aver visto qualche puntata di Ottavia Meraviglia, la canzoncina *Ottavia Meraviglia tutta coccole e vaniglia* non gli era uscita dalla testa per giorni. Cerca le immagini di Antonia Baldi, poi i video su YouTube. Nelle foto ride. Scegli una donna che sa sorridere, Ric, il sorriso è il preludio di un pompino. Chissà perché gli viene in mente una delle tante massime del suo maestro di boxe, uno che per insultare la gente usa "culo" fuori contesto, quello è proprio una testa di culo, l'altro giorno ho visto quel figlio di culo del mio commercialista.

Antonia ha un aspetto mascolino, forse è lesbica, lo sono diventate in tante. Riccardo aveva chattato con una su Tinder, nella bio lei scriveva "con gli uomini è sesso, con le donne è amore". Il sesso era stato freddo e sciatto, il sesso che si può fare con donne che non amano gli uomini.

Aveva frequentato anche la mamma di Greta, una compagna di Milo. Era una donna dolce e allegra, sposatissima, un matrimonio in salute e malattia, in ricchezza e in ricchezza. Gli faceva regali sproporzionati, un orologio perché l'ho visto in una vetrina e ho pensato a te, una coperta di cashmere perché la sera ti scaldi al posto mio. Bigliettini infilati sotto il tergicristallo dell'auto, vocali cantati, fiori in ufficio, sorprese che lo avevano riacceso. Non era innamorato, ma la trovava profumata e piacevole, nel senso alto del termine, piacevole come una brezza marina in una giornata soffocante, non piacevole come un massaggio distratto alla pianta dei piedi. Tutta quella piacevolezza era stata cancellata dal fastidio di fare l'amante senza essere adultero, lui aveva tempo libero e lei no, lui poteva scrivere messaggi quando voleva e lei no, lei era ricca e lui no. I loro bambini non si sopportavano, Milo detestava Greta, la trovava piagnucolosa e viziata, Riccardo non riusciva a dargli torto.

Non riusciva a dargli torto quasi mai, in realtà. Milo aveva ragione soprattutto perché non pretendeva di averla e questa sua giustezza ingenua lo disarmava. Qualche tempo prima gli aveva insegnato a giocare a scacchi, e nel giro di poco Milo lo aveva battuto, senza inganno, senza sconti, senza handicap iniziale per via dell'età. Così, a quarantotto anni, Riccardo, ambizioso e determinato su tutto, aveva capito quanto potesse essere esaltante farsi vincere dall'amore, avere la peggio. Il premio di consolazione, il trionfo del figlio, era il riconoscimento più prezioso. Avrebbe voluto provare lo stesso per una donna, amarla tanto da mettere in secondo piano le proprie ragioni, ma non ne era mai stato capace. Eppure immaginava che l'amore fosse proprio questo: la migliore delle sconfitte.

Crea un account su Instagram per vedere cosa sta succedendo sul profilo di Monica, trova Lucciola Intermittente e ha una fitta di imbarazzo. Tra i commenti c'è anche quello della mamma di Greta che compare come Semplicemente_Io e scrive: "Mia figlia ha il cuore spezzato." Una seconda fitta di imbarazzo. È così che decide di contattare la Baldi, un messaggio in direct che copia uguale anche in un'email spedita all'indirizzo di un vecchio blog di Ottavia Meraviglia.

Gentile Antonia,

mi chiamo Riccardo Politi, probabilmente sarà subissata dai messaggi e non aprirà il mio, ma sto seguendo la vicenda che la riguarda e raramente ho visto tanto livore contro qualcuno: me ne dispiaccio, lei sembra una brava persona (ritengo che, anche se non lo fosse, il suo gesto non giustificherebbe una reazione tanto rabbiosa). Vengo al motivo di questo messaggio: sono un avvocato e fa sempre comodo avere un avvocato a cui chiedere un consiglio in frangenti del genere. Non legga la mia come il tentativo di procurarmi una cliente, onestamente non so come debba leggerla né se la leggerà, immagino tra l'altro che abbia già un legale che la segue. A ben vedere, il mio è forse solo un messaggio di auguri da uno sconosciuto, quindi buon Natale, nonostante tutto.

387 7845620

Riccardo Politi

Si sente sciocco, chiude Instagram. Butta un occhio a Tinder, a Marika piace viaggiare, ama la montagna, i baci sul collo ed è a 6 km da lui, Simona non esce con chi usa "piuttosto che" a sproposito e si trova a 8 km, gli sembra che le lontananze siano messe lì per tranquillizzarlo, donne a distanza di sicurezza, una buona notizia.

Rovaniemi, 14 giugno

Cara Vittoria,

quante domande, non ci sono abituato, io di solito ricevo richieste, non domande. Vado per ordine.

1. "Guarda il mare" non si dice come hai scritto tu, ma si dice katso merta. *Il nonno non ti ha corretto quelle parolacce? O le hai aggiunte mentre non guardava?*

2. Peter Pan è un bambino per modo di dire, un imbroglione insomma, infatti a lui non porto regali da anni.

3. Non sono nato vecchio, sono stato bambino anche io, ma così tanto tempo fa che non lo ricordo più.

4. Non so se ho scelto questo lavoro, né se sia proprio un lavoro, però mi piace. Se dovessi raccontarti cosa amo di più del mio mestiere ti direi: guardarvi dormire. Guardare un bambino dormire è ciò che ogni adulto intelligente dovrebbe voler fare da grande. Forse per questo vi amo tanto, vi frequento solo quando siete silenziosi! A dirla tutta, qualcuno parla anche quando dorme e tantissimi russano, anche tu russi, ma è un russare divertente che vibra nelle narici e gorgoglia nella gola, russi perché tu sei rumorosa in tutto ciò che fai, anche quando giochi dici il tuo gioco ad alta voce.

5. Sulla questione bugie dei grandi hai ragione, sono dei bugiardoni, ma voi siete destinati a essere la versione migliore dei vostri genitori. Imparerai col tempo che i grandi, qualche volta, sono solo bambini con la barba e le rughe.

I grandi, per esempio, giocano con i sentimenti come voi giocate con le bambole e le macchinine.

Un'altra cosa che fanno i grandi è che non parlano con quelli che amano ma più spesso di quelli che amano. È pieno di genitori che evitano di parlare con i figli, di fare domande e invece parlano dei loro figli a qualcun altro, alle altre mamme e agli altri papà, oppure ne scrivono nei libri, sui social. Però lo fanno solo per paura, mettete molta soggezione voi piccini, a parte quando dormite, lì siete perfetti.

Ti dirò anche che è tipico dei grandi raccontarsi le storie. In queste storie sono loro a essere principi e principesse, sono chiusi dentro torri e prigioni. Sono eroi anche, oppure vittime, raramente sono i cattivi o se sono i cattivi sono quel tipo di cattivo divertente, interessante, che punisce i pavidi. I cattivi che diventano buoni.

Cerca di diventare una persona grande che racconta storie ai bambini e non a sé stessa. Intanto ti abbraccio forte forte, con tanto affetto.

Babbo Natale

P.S. Hai già pensato ai regali che vorresti per Natale?
P.P.S. Fai la brava bravissima.

5.

Sei giorni a Natale.

Andrea è uscito presto con la Dacia, quando nel dormiveglia ho sentito che metteva in moto ho temuto che non tornasse più, mi sono vergognata di quel pensiero non appena è rientrato con focaccia, frutta, verdura e yogurt, crocchette per Gerundio. Ho fatto sogni difficili da ricordare, ma ho dormito. Non so come ho potuto pensare di stare in questa casa da sola, né come ci potesse vivere la mamma. Andrea mi dà il buongiorno, è allegro.

"Ti ho portato i giornali."

"Non vorrei sembrare irriconoscente, ma perché c'è scritto *Copia del Bar*?"

"Le edicole sono tutte chiuse… mi sono arrangiato."

"Hai rubato i giornali a Mario?"

"Se vuoi puoi riportarli domani."

"Perché domani dovrebbero volere i quotidiani del giorno prima?"

"Ma insomma, in emergenza tutto è lecito. Vogliamo vedere quanto il mondo ti odia o continuiamo a discutere sull'obsolescenza dell'attualità?"

Sembra brusco ma capisco che si preoccupa per me. Realizzo che cosa è successo ieri e perché sono qui. Mi stringo nel maglione, ne indosso uno che ho trovato appeso dietro la porta della camera, insieme a un paio di pantaloni grigi che a mamma andavano enormi e a me stanno attillati. Mamma era sempre stata magra, poi nell'ultimo periodo si era proprio consumata, la pelle le poggiava sulle ossa come un lenzuolo. L'ultimo periodo. Era tornata bambina, ma non una bambina allegra che impara, piuttosto una bambina triste che perde a ogni gioco. Ci si mette una vita a prendere fiducia in sé stessi, a credere al proprio corpo, ai propri pensieri e poi improvvisamente la vecchiaia o la malattia fanno il loro corso e si deve disimparare a credere agli occhi, alla memoria, alle mani. Le mani non tengono, la mente nemmeno, due più due fa quattro, forse, mi pareva, l'avevo posato lì il quattro, deve essere caduto o è l'infermiera che l'ha spostato. Per una donna orgogliosa non era la morte la parte peggiore, la parte peggiore era diventare un involucro inaffidabile. Se non poteva contare su di sé, niente più contava.

Il maglione e i pantaloni li avevo comprati io, per il primo ricovero, mi pareva che il suo guardaroba fosse inadatto ad affrontare la malattia. Ho sempre pensato che si vestisse male, che non avesse gusto, e infatti da bambina non mettevo le sue scarpe per sfilare in salotto e non mi impiastricciavo con i suoi rossetti. Mia madre non era come le altre mamme, non si truccava, non indossava tacchi, non metteva profumi, non si doveva travestire da mamma, per essere lei bastava il suo odore.

"Leggi tu," dico ad Andrea.

Gerundio gironzola sotto il tavolo mentre Andrea parte con un primo editoriale sulla morte di Babbo Natale, la notizia data come fosse un fatto di cronaca nera, con tanto di luogo del delitto (l'Auditorium), assassina (Antonia Baldi), complice (la mia agente), interviste ai testimoni (la mamma di Milo). Poi passa al secondo quotidiano, a intervenire è un sociologo che approfondisce il concetto di nuovo proletariato borghese, uomini e donne senza altra ricchezza che i figli, progetti di vita, unica possibilità di realizzazione sociale, santificati e protetti all'inverosimile. Vengo citata, ma come pretesto. Il terzo giornale ospita un pezzo della Sorgi che prende di punta le mamme pancine che si improvvisano influencer e attacca anche Ottavia Meraviglia, stucchevole bambinetta mezza bulimica, personaggio frutto della dittatura dei cuochi che ha invaso il mondo dei grandi e dei bambini.

"Poteva andare peggio," cerca di consolarmi.

"Mi odiano. Ieri notte ho buttato un occhio alle notifiche, non hai idea, è la tempesta perfetta."

Ci sono persone che stanno al telefono ore, dovunque, sul tram, per strada, in metro, parlano di tutto, dei disturbi fisici spesso, del lavoro, di quello che è sparito, dell'altra che le ha mancato di rispetto. Spesso dicono *ma ti pare?* E di là c'è sempre qualcuno che assicura *no, non mi pare.* Io non sono brava in quella parte, nel *no, non mi pare*, mi viene meccanico, per nulla convinto. Odio stare al telefono, ho difficoltà nel ritmo, parlo sopra oppure taccio quando devo rispondere. È che spesso quello che è sparito o quella che ha mancato di rispetto li capisco. L'avversione per il telefono l'ho ereditata dalla mamma, quando le toccava fare una chiamata di cortesia a un parente entrava in agitazione e trovava mille scuse perché se ne occupasse mio padre. Se le veniva passato qualcuno senza preavviso, colta di sorpresa, faceva gli occhiacci di disappunto. Quando rimase sola si limitava a rispondere ed essere gentile se erano gli altri a cercarla. Dopo aver attaccato restava come intontita, seduta al tavolo della cucina, sollevata che fosse finita.

Io come lei. Fatico persino a prenotare un tavolo al ristorante, non è vergogna, è qualcosa di più profondo e indefinibile. I messaggi hanno attenuato la mia ostilità perché la conversazione scritta mi conforta, mentre i vocali li trovo persecutori. Le persone disturbanti le ho archiviate, col risultato che ho la maggior parte delle chat in archivio. I messaggi di un contatto in archivio non vengono annunciati con suoni e vibrazioni e non compaiono nella schermata d'apertura dell'app, quindi decido io quando sono pronta a vederli. In archivio si trovano: Cesare, Simona Buonanno, la psicologa da cui non vado più, la dentista che vuole farmi la detartrasi, la chat della scuola di Vittoria, la chat della scuola di chitarra di Vittoria, due uomini che ho frequentato e che stanno molto in giù nell'elenco, inesorabilmente schiacciati da altre conversazioni più recenti, persino dalla scuola di yoga che mi ha vista una volta, anche se ho pagato per un intero semestre. Ho un iPhone scheggiato a ragnatela in due punti, non porto le cuffie perché le cuffie non funzionano mai, gracchiano dopo qualche settimana e poi peggiorano l'effetto sovrapposizione tra parlanti, se le indosso finisco per ripetere in continuazione no, scusa, di' tu, prima. La musica riesco ad ascoltarla se riempie la stanza o la macchina, tutta nelle orecchie mi è insopportabile, troppo concentrata, preferisco l'infusione all'iniezione. Da ieri ho controllato il mio iPhone come da bambini si guarda un film horror, con gli occhi semichiusi e le mani sulla faccia. Le applicazioni le ho aperte di sera e subito richiuse, i vocali li ho evitati accuratamente, le chiamate perse non le conto nemmeno, molti numeri non li ho in rubrica.

"Cosa intendi fare?"

"Nascondermi."

"Per quanto?"

"Vent'anni?"

"Tanti."

"Tu l'hai fatto."

"Non mi sono nascosto, avete sempre saputo dove trovarmi." Il tono è stizzito.

"All'inizio sì. Sono venuta, lo sai che sono venuta, anche con mamma e papà. Ma poi i colloqui, vederti in quel parlatorio, era troppo triste. Mamma e papà dopo litigavano sempre e poi hanno smesso di litigare ed è stato peggio."

Andrea mi passa la mano sulla testa, sposta una ciocca di capelli e il discorso.

"Mi piacciono così..."

"Così bianchi?"

"Sì. Ti stanno bene."

I capelli sono un'altra di quelle cose a cui sono andata dietro per una vita, lisciando, tingendo, e poi un giorno ho detto basta, avete ragione voi, fate come volete, alzo bandiera bianca.

"Comunque mi ha scritto un avvocato, si è offerto di darmi una mano. Lo vedo stasera e poi deciderò."

Andrea guarda fuori dalla finestra e io guardo lui che guarda fuori dalla finestra.

"Bisogna mettere il velo da sposa al roseto." Indica un rovo di filo spinato, ritorto, ci vuole fantasia più che coraggio a chiamarlo roseto.

"La fai sembrare una cosa da *Piccolo Principe*."

"È per non far gelare le radici, bisogna coprire la base con del tessuto leggero."

"Di solito del giardino si occupa Carlo, delle case in basso."

"Deve essersi preso una vacanza, allora."

Un tempo al posto delle rose c'era un piccolo capanno per le bici e i motorini, l'avevano abbattuto perché era diventato un *refugium peccatorum* di tutte le cose inutili di casa. Mamma ripeteva *refugium peccatorum* più di quanto fosse necessario, aveva fatto latino alle medie e alle magistrali. Il *refugium peccatorum* era stato smantellato un sabato e al suo posto avevano piantato la rosa. Io le piante non le capisco, i loro tempi, la pazienza. A scuola mettevo il semino nel cotone e poi controllavo e controllavo, lo smuovevo, non lo lasciavo riposare. Il giardinaggio era la lingua che parlavano Andrea e la mamma, una lingua di silenzi e di inchini, uno accanto all'altra, in piedi e accovacciati.

"Te la ricordi la mia bici?" gli chiedo.

"La Graziella bianca?"

"Sì. L'avevo voluta così tanto. Non so per quale motivo, ma da bambina non avevo mai il grembiule della misura giusta né la bicicletta della mia altezza. Il grembiule era sempre troppo grande e la bici era sempre troppo piccola. Poi mi regalarono Bianchina. Ed era perfetta, ma io soffrivo, ero così preoccupata che me la rubassero, la portavo in casa ogni sera invece di lasciarla nel capanno. E poi successe che in terza media la attaccai al palo prima delle lezioni e uscendo non la trovai."

"Te la regalarono per un compleanno, me lo ricordo. Mi offrii di andare a cercartela dai fratelli Valente, avevano il giro di ricambi… Ma non hai voluto."

"No infatti, perché mi sentivo sollevata. In qualche modo era successo quello che temevo di più, non ero stata in grado di proteggere Bianchina e Bianchina era sparita. Ma, a rifletterci oggi, affrontare quel dispiacere era una liberazione, pensare che la usasse qualcuno più meritevole, perché ero certa che fosse finita in mani migliori delle mie, ecco quella consapevolezza la preferivo alla paura e alla responsabilità o alla responsabilità della paura, mettila come vuoi."

"Perdere è una liberazione, Toni. Te lo dice un professionista. Secondo te perché i morti sembrano così sereni, altrimenti? Prendi nonna, sorrideva quasi da morta, sembrava pensasse tenetevi le preoccupazioni, tenetevi tutto, tenetevi anche i numeri al lotto, non me frega più niente, ho perso ogni cosa, ho perso la vita e allora?"

"Anche la mamma era serena."

Non c'era stata nessuna rivelazione sul letto di morte, non ce ne sono quasi mai, non è come nei film, la persona che se ne va raramente ha tempo di dare consigli, elargire verità. È tutta impegnata a morire, che è naturale e innaturale insieme, come il parto. La mamma si era rintanata ed era morta nello stesso modo in cui era venuta al mondo, in posizione fetale. Io c'ero, per nascere e morire si dovrebbe essere almeno in due, qualunque sia la direzione del travaglio, dal buio alla luce, dalla luce al buio. Chi sono, mamma? le avevo chiesto, per capire se mi avesse riconosciuto. Il mio amore, aveva risposto. Brava, così non scontenti nessuno. C'era stato un piccolo sorriso. Mi è rimasto il dubbio che mi avesse scambiata per Andrea.

"E quindi chi è la tua bici oggi?"

"Bah… Vittoria? Cesare? Mamma? Papà? Tu?"

"Un intero risciò, direi…"

Prendo un giornale, lo arrotolo e gli do un colpo sul braccio. Ridiamo.

"Cesare sta per avere una bambina."

"E direi che non l'avrà con te."

"Sei perspicace. L'avrà con Eleonor, svedese, finlandese, non ricordo mai, è un'influencer, tantissimi follower, io non so spiegarti bene, ma in pratica è seguace di un tizio giapponese convinto che l'acqua possieda una memoria, che assorba le vibrazioni dell'ambiente circostante, ma anche dei colori e delle parole."

"Bizzarro."

Un tempo, prima di un'interrogazione, si suggeriva ai ragazzi di immaginare il professore nudo o sul gabinetto, per ridimensionarlo, non avere più ansia. Dall'arrivo dei social è sufficiente andare a cercarlo su Instagram, il professore, il capo, la donna del tuo ex, e un motivo per trovarli ridicoli, umani e nudi lo si scova sempre.

"Eleonor fa questi video in inglese, in cui spiega come parlare all'acqua, cosa dirle, c'è tutto un rito con i cristalli."

"E poi dopo che hai parlato con l'acqua?"

"La bevi."

"Sembra innocuo, buffo ma innocuo."

"È per questo che la odio, avesse spennato qualche gallina, sgozzato un capro, avrei avuto una scusa per odiarla, per non lasciarle Vittoria, per litigare con Cesare. Invece è solo una ragazza giovane, con capelli lunghissimi, una Barbie dimensione 1:1 che Vittoria adora."

"E tu sei gelosa?"

"Io sono stata pazza di gelosia. A un certo punto parlavo con l'acqua anche io, avevo una caraffa in frigo e ci urlavo dentro ogni sera, le dicevo le peggio cose. Ne ho dato un bel bicchiere da bere a Cesare una volta che è passato a riportare Vic. A quanto ne so, nemmeno un po' di diarrea gli è venuta."

Andrea prende la bottiglia sul tavolo e fa finta di litigarci. "Ma come si insulta l'acqua? Brutta putrida acqua, devi seccarti tutta, maledetta bastarda?"

"Più o meno, sì. Comunque ho odiato Barbie magie di Idrolitina. Stavo ore a guardare il suo profilo, a controllare chi la seguiva, a cercare i nostri vecchi amici, miei e di Cesare, che commentavano i post, per il gusto di detestare anche loro. È andata avanti per qualche tempo, questa fissa del pedinamento social. Finché un pomeriggio, camminavo in centro, e le ho incrociate per strada, dal vivo, Vittoria ed Eleonor, erano così allegre, facevano il gioco dei passi, piede destro e sinistro a tempo, cantavano. Ci credi che sono scappata?"

"Perché?"

"Avevo paura di disturbare, mi sentivo stupida, di troppo, non so, mi si è spezzato il cuore."

"Ma tu resti la mamma di Vittoria. E con Cesare vi siete amati tanto."

"Me lo dite tutti, anche la psicologa: io resto la madre, come fosse una consolazione. E dove sarebbe la consolazione? Che Vittoria è obbligata ad amarmi perché l'ho messa al mondo?"

"Anche..."

"A parte che preferirei che Vittoria mi amasse perché le piaccio e non per obbligo. Poi non è vero, cioè è vero il contrario: sono le madri ad amare perché non hanno altra scelta. E non scommetterei neanche su questo. Si danno per buone tante di quelle stronzate solo perché si sono sempre dette." Mi alzo, prendo le tazze del caffè e le sciacquo. "Ti chiama zio Ulisse."

"Zio Ulisse?"

"Vittoria sapeva che eri andato via da tanto e c'era la tua foto in barca a vela in salotto. A quattro anni papà le ha regalato un'*Odissea* per bambini e così deve aver fatto due più due."

"Zio Ulisse mi piace."

"È un bel nome da eroe romantico."

"L'eroina romantica però sei tu."

Scoppio a ridere. "Ma che cosa dici?"

"Tu sei una cercatrice, Toni, lo sei sempre stata." È serio, come se avesse appena detto una verità inopinabile.

"Una cercatrice..."

Andrea mi spiega che le persone si dividono in cercatori e costruttori. I cercatori vengono al mondo e sentono di aver perso qualcosa, sentono di essere incompleti, non sanno bene cosa manchi né perché, ma quello che fanno è cercare, a volte con la frustrazione dei malati che hanno dimenticato tutto, anche il motivo della loro tristezza. Se ascoltano una canzone, loro ascoltano il passato, dov'erano quando l'hanno sentita, con chi, oppure creano un precedente per puntellare il futuro. Poi ci sono i costruttori. I costruttori nascono interi, non cercano, loro creano, affermano, hanno una presa più salda sulla vita. Tra cercatori e costruttori c'è la stessa differenza che corre tra il trovarsi e il realizzarsi.

"Mamma cos'era?"

"La mamma era costruttrice."

"Cesare?"

"Cesare anche, sempre con un progetto per la testa, una canzone da scrivere, un figlio da fare..."

"Papà?"

"Papà... è un cercatore che si è limitato a essere osservatore."

"Ma non erano due le categorie?"

"Sfumature."

"Come sono gli osservatori?"

"Gli osservatori guardano, studiano, stanno in un luogo privilegiato tutto loro. Possono osservare per cercare ma sono meno inquieti dei cercatori. Oppure possono osservare perché non hanno la forza di costruire. Papà secondo me appartiene alla prima categoria, la lettura è una forma di ricerca che dà grande gioia, una gioia solitaria."

"Quindi ci sono delle intersezioni."

"Certo. Anche la mamma è nata costruttrice ed è finita osservatrice."

"E un cercatore può diventare costruttore?"

"Può costruire quello che pensa gli manchi, ma non sarà mai veramente soddisfatto."

"Stai parlando di me?"

Me ne sto lì in piedi con il sedere appoggiato al lavello, la gamba sinistra piegata, la pianta del piede premuta all'interno del ginocchio destro. La piccola gru, mi diceva Cesare quando restavo sovrappensiero in questa posizione.

"Forse."

"E tu allora cosa sei, costruttore o cercatore?"

"Io sono distruttore."

Accendo la radio perché non so rispondergli, non so ribattere. Armeggio finché prendo a metà una canzone che viene da lontano, *che importa se per innamorarsi ancora...* dice la voce e lo ripete allo stesso modo da decenni. Andavamo in montagna con la A112 di zio Giovanni. A noi cugini ci infilavano nel bagagliaio, altrimenti non ci stavamo tutti in auto. Prima delle salite più ripide scendevamo insieme alla nonna, perché la macchina non ce la faceva. E li seguivamo a piedi. Lo zio Giovanni fumava le MS con i finestrini chiusi per paura di un colpo d'aria. E per non farci venire la nausea cantavamo *Maledetta primavera*.

Mamma credeva di cantare benissimo, aveva una percezione del tutto falsata delle sue doti canore e la sua voce superava le altre e le confondeva. Gorgheggiava *che importa se-e -e -e* con la sicurezza di un'interprete consumata, se avesse avuto il microfono in mano lo avrebbe allontanato e avvicinato alle labbra a tempo, per modulare l'intensità. Altre cose della mamma, a casaccio: al mare sdraio e non lettino. L'energia che metteva nel far ridere i bambini, sua nipote soprattutto. I bambini sempre troppo scoperti e mai adeguatamente vestiti, il lenzuolo nel letto mai abbastanza tirato, il piacere del sonno. Sole e sonno. Il sospetto con cui guardava all'attività fisica, la paura del sudore, i figli li voleva asciutti, capelli asciutti, fronte asciutta, schiena asciutta sotto la canotta. Occhi asciutti. Il rapporto unico con l'estate, la prova nella piega del braccio, quella scura che si crea vicino al gomito: l'abbronzatura come unica vanità concessa. Non disdegnava la matematica e gli esercizi di logica, era brava con gli indovinelli e le sciarade. Teneva un atlante in bagno e in bagno passava moltissimo tempo a ripassare capitali e bandiere, quando si stufava usava quel librone con la copertina cartonata come tavolino per il solitario. Anche il giardinaggio era una forma di solitario, la sua vita intera a partire dall'incidente di Andrea era una forma di solitario, chiudeva un giorno dopo l'altro, un giorno dopo l'altro.

"Tu come stai?"

"Io? Io sto bene, sorellina."

"E come si fa a stare bene?"

"Si sta lontano dal traffico, da ogni traffico, e si cammina sui marciapiedi."

"Lo diceva papà."

"Vedi, bisogna sempre ascoltarli i genitori. Ma bisogna guardarsi bene da ascoltare solo loro. E ora andiamo a mettere il velo alle rose."

Casa mia, 30 giugno

Caro Babbo,

qui non va per niente bene. Dovevamo andare a Pisa per una presentazione di mamma, ma non siamo partite perché la nonna è malata e la mamma sembra arrabbiata con lei. La mamma sembra arrabbiata anche quando mi ammalo io, a me invece piace perché sto a letto a guardare i film e lei si sdraia con me e non va via.

La torre di Pisa è il mio monumento preferito, ci ho scritto un tema. Il titolo era Racconta un errore bello. *Dimmi se non è un errore bello la torre di Pisa! E infatti la maestra mi ha messo bravissima e stellina, la stellina era per il finale a sorpresa. Ho scritto: e se ha ragione lei?*

Quando ho saputo che non partivamo mi è caduto il cielo in testa, quando succede la voce esce da sola e rompe tutto. Sai i vetri? Invece io rompo le persone.

Secondo te sono cattiva? Dillo pure, non ci resto male, tanto lo so già.

Per Natale credo di volere un lazo da cowboy e la torre di Pisa. Ma lo scrivo a matita, ci devo pensare.

Rispondimi presto.

Tua, Vittoria Salmé

6.

Riccardo arriva all'appuntamento con dieci minuti di anticipo. Il messaggio di risposta della scrittrice diceva: "Ciao, sei gentile. Incontriamoci se puoi domani alle 19, Strada del Traforo 327. Se ci fossero problemi chiama e rimandiamo" e gli ha lasciato il suo numero. È passata al tu. Poco prima delle sei è stato tentato di dare forfait, inventando un'urgenza in studio, il luogo dell'incontro è distante e gli tocca anche saltare l'allenamento di boxe. Nicola, il suo maestro, ama ripetere a chi frequenta la sua palestra: "Dove lo trovate un altro posto così sotto Natale, uno spazio dove potete picchiare chiunque senza finire in galera, senza essere sanzionati… ma anzi applauditi?" Riccardo avrà sentito quella battuta mille volte e mille volte ha riso. Stasera non picchierà nessuno. Nicola aspetterà.

In Strada del Traforo 327 c'è una bocciofila, dentro solo tavoli occupati da anziani che giocano a carte, Riccardo va al banco e chiede una birra a un ragazzo che sta guardando una puntata di *Big Bang Theory* senza volume, si siede vicino alla finestra con vista sul campo da bocce e su un albero di Natale lampeggiante. Nel pomeriggio si è documentato bene su Antonia Baldi come se si preparasse a un nuovo caso, ha letto tutti gli articoli sulla presentazione dello scandalo, la sua storia è comparsa anche al Tg2 delle tredici, un collettivo di genitori ha chiesto il ritiro di *Ottavia Meraviglia al Polo Nord*, Monica è a capo del collettivo. Il servizio si è chiuso con un intervento dello psicologo Piero Pozzi. "A questi bambini abbiamo tolto la libertà di uscire durante il lockdown e oggi la libertà di sognare, di credere," dice. Pozzi parla alla camera, di spalle a una libreria dove compare ben visibile il best seller che l'ha reso famoso *Io speriamo che me la Covid. Testimonianze di studenti durante il lockdown.* "Se non riusciamo a raccontare le favole ai nostri figli non siamo più in grado di dir loro che, nonostante tutto, la vita è bella, come nel famoso film di Benigni," prosegue. Riccardo sta guardando di nuovo il video su RaiPlay quando sente una voce alle sue spalle.

"Scomodano addirittura l'Olocausto per me?"

Antonia ha un sorriso triste, indossa un berretto nero e un cappotto da uomo. Non si toglie né l'uno né l'altro.

"Devi essere l'avvocato!" Gli porge la mano. Riccardo mette via il cellulare, sorpreso da questa donna che fa pochi convenevoli.

"Sì, sono io, e tu devi essere stanca."

"Oddio, sto così di merda?"

"Ma no, solo immagino cosa siano state per te le ultime ore."

"Ora mi prendo una birra come la tua e mi dici se c'è una remota possibilità che io me le lasci alle spalle."

Lui pensa che è ancora più magra di come appare nei video e nelle foto, più alta. Sicuramente lo supera di alcuni centimetri. Lei nota il sorriso che si mangia gli occhi, due fessure, questo è un uomo che per vedere bene deve rimanere serio, pensa, l'allegria lo acceca.

Antonia chiede una media al ragazzo di *Big Bang Theory.*

"A Babbo Natale," propone Riccardo.

"A Babbo Natale," concorda Antonia.

Dopo il brindisi l'avvocato si guarda intorno. "Mio padre si ubriacava tutte le sere in un posto simile a questo, ma in Calabria."

“Scusami, non è esattamente un locale da aperitivo, ma abito qui vicino e non volevo stare in città, preferisco non vedere nessuno.”

“Un mio cliente era di queste parti, è bella la collina, non un giovedì di dicembre alle sette di sera magari, ma un sabato di maggio ti fa innamorare.”

“Le case bisognerebbe sceglierle un giovedì di dicembre però, con la nebbia e il freddo e le piante spoglie.”

Riccardo vorrebbe dire che lo stesso discorso vale per le persone, ma teme che lei la prenda come una velata avance. Beve un sorso di birra.

“Allora, vorrei capire come mai sei stato così generoso con me… Appartieni a una setta di nemici di Babbo Natale?” chiede Antonia.

“No, ma ho un figlio di sette anni. È un bimbo molto sveglio, sensibile, ha tutti i libri di Ottavia Meraviglia.”

“Pensa che mia figlia la detesta Ottavia Meraviglia, la chiama Merdaviglia.”

“Non ci credo, in realtà sarà orgogliosissima di te.”

Antonia alza un sopracciglio, per sottolineare l’assurdità della frase dopo quanto è accaduto. L’avvocato cerca di correggere il tiro.

“Come ha preso quello che è successo?”

“In effetti, non lo so, non la vedo da ieri mattina, adesso è col padre. L’ho chiamata mentre venivo qui, ma parlare al telefono con i bambini è un supplizio. Hai presente, no? Come stai? Bene. Cosa fai? Niente. Cos’hai fatto? Niente. Sai che la mamma ha traumatizzato la tua generazione? Sì. Allora ci vediamo presto, ti voglio bene. Grazie.”

Riccardo annuisce. “Il mio scappa quando gli faccio le videochiamate, oppure passa il tempo a guardarsi, a fare le boccacce, io potrei non esistere.”

“Sei separato anche tu?”

“Sì.”

“Felicemente?”

“Felicemente. Ci siamo scelti un sabato di maggio e poi ci sono stati tanti tanti giovedì di dicembre.”

Ma Riccardo non vuole parlare della ex moglie, non vuole che il suo interesse per Antonia venga preso per una vendetta contro Monica. Non dice nemmeno il nome di suo figlio, Milo è su tutti i giornali e di Milo non ce ne sono così tanti.

“Lei ha un altro?”

“Purtroppo no, ogni tanto lo spero, credo sarebbe più felice.”

“È un pensiero che ti fa onore.”

“Niente affatto, se fosse più felice sarebbe più semplice. Il tuo ex invece si è rifatto una vita?”

“Sì, aspetta una bambina, deve nascere a giorni. A volte penso che abbiamo sbagliato così tanto insieme che siamo stati la brutta copia della grande storia d’amore che sta vivendo adesso.”

“Tipo una prova generale...”

L’avvocato puntualizza quello che dice la scrittrice, deve essere un metodo giuridico, pensa Antonia.

“Una prova generale lunga tredici anni.”

“E vai d’accordo con la nuova compagna?”

“Non la conosco, non vado d’accordo con l’idea di lei con mia figlia.”

“Un caso Higuaín.”

“Un caso Higuaín?”

“Ti ricordi quando Higuaín lasciò il Napoli per la Juve?”

Antonia fa no con la testa.

“Higuaín, calciatore amatissimo del Napoli, lascia e va a Torino, i napoletani insorgono, perché lo vivono come un tradimento enorme. E lo mollano. Però lui continua a giocare bene, anzi meglio, è sempre lui, solo in un’altra squadra.”

“E io chi dovrei essere in questa metafora?”

“Tu sei il Napoli credo e la nuova famiglia è la Juve.”

"E mia figlia è un tifoso di Higuaín che deve scegliere se passare alla Juve o restare al Napoli?"

"Oppure può continuare a tifare il Napoli ma godersi il gioco di Higuaín anche alla Juve."

"Avvocato, lasciatelo dire, fai schifo nelle metafore calcistiche."

Riccardo sorride e ammette: "Non ne so nulla di calcio, a me piacciono le arti marziali."

Gli piacciono i libri sulla strategia militare, le armi anche se non ne ha mai usata una, e Gesù, gli piace molto Gesù pur non riconoscendosi in nessuna chiesa. Il suo professore di filosofia delle superiori lo prendeva in giro: "Politi, lei ha interessi da uomo di destra, ma senza i divertimenti dei fascisti." Era vero, fatta eccezione per Gesù, che secondo Riccardo non poteva piacere alla destra, perché rappresentava l'antagonista del piccolo imprenditore. Gesù non aveva voglia di lavorare, non era riuscito nemmeno a rilevare il laboratorio di falegnameria del patrigno.

I vecchietti cominciano a rimettersi i cappelli in testa e a uscire. "Dove vai, Aldo?" dice uno. "Dalla moglie," risponde l'altro. Ad Antonia piace quando i vecchi di paese dicono *la moglie*, un'entità mai manifesta, un po' minacciosa, che passa il tempo a dettare regole ma anche a prendersi cura del marito. La moglie quando parla al mercato con le amiche non dice mai: torno a casa perché *il marito* mi aspetta. *La moglie* è una donna a suo modo indipendente o almeno Antonia se la immagina così, i mariti non sopravvivono alla morte delle mogli, le mogli al contrario trovano cose da fare, vanno al cimitero, curano il giardino, guardano i neonati nelle carrozzine e danno consigli non richiesti.

"Posso farti una domanda, avvocato?"

"Penso di sì."

"Quando hai scoperto, tu, che Babbo Natale non esiste?"

Riccardo sorride perché ha una risposta alla domanda ed è una risposta vera, cosa che non accade sempre.

"Da bambino avevo tantissimi cugini, avevo anche due sorelle – per inciso ho ancora sia i cugini sia le sorelle –, io ero il più grande. Nove anni ed ero alto come adesso, non sono alto per essere un quarantottenne, ma per un novenne sì. Comunque, i grandi si erano messi d'accordo perché papà arrivasse vestito da Babbo Natale e ci portasse i doni. Ma papà era ubriaco marcio e non era presentabile. Così mia zia Rosa mi prese da parte e mi disse che sarebbe toccato a me vestirmi da Babbo Natale. E lì due erano le possibilità: o Babbo Natale non esisteva o Babbo Natale ero io. Optai per l'inesistenza di Babbo Natale."

Antonia è divertita.

"Capisci che avrei pagato per saperlo da una scrittrice e non da zia Rosa in quel modo."

"Quindi è per questo che ti ha colpito la mia storia?"

"Mi ha colpito la reazione della gente, mi colpiscono i social in generale, il comportamento che scatenano. Sono il trionfo dei vizi capitali."

Il barista si avvicina per chiedere se vogliono mangiare qualcosa. Ci sono agnolotti e brasato con purè.

Antonia non aveva previsto una cena, pensava a un appuntamento più veloce e non ha nemmeno avvertito Andrea. L'avvocato invece ha un certo appetito e ci tiene a chiudere il discorso che stava facendo. Si guardano e alla fine Antonia si toglie il cappotto ma tiene il cappello, ordina carne. Riccardo il menù completo e del rosso, poi inizia a elencare i peccati, aiutandosi con le dita.

"Gola: non si parla di altro che di cibo, foto di cibo, ricette, ristoranti. Lo sai perché il pistacchio e l'avocado hanno avuto un picco di consumi negli ultimi anni? Perché il verde è fotogenico, instagrammabile. Se non è follia questa. Accidia: il torpore che ti prende mentre scrolli i post lo vediamo per strada, sui treni, sui tram. Invidia. L'invidia è il motore dei social, tutti invidiano tutti, ma soprattutto tutti vogliono farsi invidiare da tutti e veniamo al quarto vizio capitale, ovvero la superbia o vanità, come preferisci."

"Ne mancano tre."

"Manca l'avarizia, quella dell'algoritmo, che specula sui peccati degli altri, la lussuria, che nemmeno commento perché la gente sta sui social o per scopare o per…"

"Per litigare."

"Per litigare e siamo all'ira, il peggiore ma il più comune dei vizi, la rabbia, la voglia di scagliarsi contro qualcuno."

"E qui arriviamo al mio caso."

"Esatto. Ti ho scritto dopo aver letto il commento di una signora. Ti augurava la morte."

"Ma chi? La Lucciola Intermittente?"

Riccardo sussulta, è tentato di rivelare l'identità di Lucciola Intermittente ma si trattiene.

"No no, una donna intorno ai cinquant'anni, un profilo di annunci di canili e gattili, foto di lei con le amiche e dichiarazioni d'amore a congiunti per compleanni e onomastici… Dimmi se non è questo il male vero? L'inferno. La costante contraddizione in cui viviamo."

Antonia comincia a trovare inquietante parlare di Cristo, inferno, vizi capitali.

"Ma cosa sei una specie di predicatore?"

"Non dirmi che non hai fatto qualche controllo sul mio studio o sul mio curriculum."

"Devo ammettere di sì, ma non fatto caso al tuo credo."

"Tu hai fatto il classico?" Non vuole lasciare in sospeso il discorso.

Antonia annuisce.

"Allora saprai che 'diavolo' viene dal greco, da *diaballo*, 'separare, dividere'. E in effetti l'inferno arriva quando tutto dentro va in frantumi e quando tutto è frantumato e disarmonico alla fine hai bisogno di qualcosa che ti tenga insieme, uno schieramento. Se la battaglia non ce l'hai dentro non fai la guerra fuori, se sei in pace non hai bisogno di nemici."

"Io sarei il nemico di cui ha bisogno la nostra amica amante degli animali, per giustificare il suo inferno?"

"Esatto."

"E cosa devo fare? Perdonare?"

"Sì, certo. Ma prima querelare."

Ridono, forte, tutti e due. Antonia si toglie il cappello e ravviva i ricci come se avesse la testa piena di coriandoli e li dovesse scuotere via.

"A parte gli scherzi," aggiunge Riccardo, "dovresti capire la posizione della casa editrice, dei giornali e delle radio e poi, sì, querelare tutti quelli che stanno alimentando questa gogna assurda. Ci sono gli estremi per la diffamazione."

Il barista, cameriere e tuttofare piazza due tovagliette sul tavolo insieme alle posate, i piatti arrivano dopo poco.

"Devo parlarne con la mia agente, lei ha sempre voglia di litigare."

"Credimi, qui non si tratta di litigare, si tratta di riportare le cose nel loro ordine naturale."

"Prometto di pensarci."

Riccardo prende il primo boccone e Antonia lo segue. Gli chiede del padre, lui non lo avrebbe nominato a inizio conversazione se non avesse voluto parlarne.

"Era un brav'uomo ma quando alzava il gomito alzava anche le mani… per anni le ho prese solo, poi ho cominciato a darle indietro. La verità è che sa picchiare davvero solo chi è stato picchiato, il resto è zuffa, finzione."

Antonia risponde che allora è probabile sappia amare davvero solo chi è stato amato e che il resto è finzione.

Il padre di Antonia ha dato al figlio un unico schiaffo, un gesto così inaspettato, innaturale, che Andrea aveva reagito ridendo. Frequentava il liceo e si era calato dal terzo piano della scuola con una corda, durante l'intervallo. Per una scommessa, avevano riferito i compagni alla preside. "Devi fare qualcosa, sei il padre, ha rischiato di ammazzarsi, quel disgraziato," gli aveva intimato la moglie. Claudio aveva posato il libro che stava leggendo, era entrato in camera di Andrea che era stato sospeso da scuola, aveva spento la musica e tirato una sberla rapida e forte al figlio, poi era ritornato al suo libro. Non una parola. A scoppio ritardato era seguita la risata di Andrea.

"È morto da tanto tuo padre?" chiede Antonia.

"Quasi vent'anni."

"E l'hai perdonato?"

"Non avevo altra scelta."

"Certo querelare un morto pare brutto."

"Impari in fretta. Però mi ha insegnato anche cose importanti."

"Tipo?"

"Ora così non mi viene niente."

Antonia cerca di cambiare discorso, ma Riccardo non glielo permette.

"Ecco, la regola delle tre esse, mi ha insegnato che un signore non dovrebbe mai parlare di sesso, soldi e scazzottate."

"Un vero signore è noiosissimo, quindi."

"Forse." Riccardo mangia di gusto, un boccone alla volta, con le posate tenute nel modo corretto, il controllo nei gesti tradisce lo sforzo di chi ha imparato le regole dello stare a tavola già da grande. Quando ha finito, appoggia la forchetta e il coltello sul piatto e si ferma, le mani sul tavolo, Antonia sorride mentre gioca con la mollica del pane, ne fa piccole palline che tendono a scurirsi tra le dita.

"Così è bello," dice alla fine Riccardo, come se avesse valutato la situazione e fosse pronto il suo verdetto.

"Cosa?" chiede Antonia.

"Stare così, è bello."

Rovaniemi, 2 luglio

Cara Vittoria,

non devi aver paura per la nonna, sono sicuro che la mamma non è arrabbiata ma preoccupata, sono due cose diverse. E poi no, piccola mia, non sei di certo cattiva, al massimo sei selvatica. Devi sapere che gli adulti sembrano preferire i bambini domestici, perché li sanno gestire, ma sognano di essere stati selvatici perché hanno il fascino dell'avventura. Tu sei una bambina selvatica. Tua madre era una bambina domestica, se ne stava in un angolo a disegnare, magra come un uccellino dopo l'inverno, ma con il cuore pesante che non la faceva volare. Al mare tutti nuotavano e lei invece raccoglieva i vetrini sulla spiaggia, diceva che erano pezzi di stelle cadute. Tuo papà è stato un bambino da cortile, gli piaceva la natura, ma i boschi lo spaventavano. Tuo zio era come te, elettrico, indomabile. A volte quelli che sono considerati bambini cattivi sono solo più liberi. Ricordati che tutti i bambini sono buoni, al massimo alcuni si dimenticano di fare i bravi bravissimi quando i genitori guardano e poi anche i grandi possono sbagliare nei loro giudizi.

Ti racconto una storia che riguarda la tua mamma, quando aveva pressappoco la tua età, forse un anno di meno. Andava a scuola con un piccolo scuolabus che passava davanti alla casa in paese, se perdeva quello scuolabus era un grande problema, perché non ne passavano altri.

Una mattina si stava facendo tardi, la nonna le urlò di sbrigarsi, ma la piccola Antonia si impuntò che doveva assolutamente trovare delle macchinine di suo fratello, altrimenti non poteva uscire. "Ma proprio ora che abbiamo fretta pensi a giocare? E poi a scuola non si portano le macchinine," si arrabbiò la nonna, mentre lo scuolabus suonava il clacson, giù lacrime della tua mamma e giù urla della nonna. I giorni passarono, la rabbia della nonna passò, l'autobus continuò a passare puntuale e la tua mamma a prenderlo.

A quei tempi non c'erano le chat su WhatsApp, i genitori sapevano quello che accadeva a scuola dai racconti dei propri figli oppure direttamente dalle maestre durante i colloqui, ma giusto un paio di volte all'anno per le pagelle, non di più. In uno di quei colloqui la nonna apprese che Elisa, una compagna di classe di sua figlia, aveva avuto un brutto male, era mancata da scuola per mesi e, una volta tornata, il suo corpo portava i segni della malattia.

La nonna andò da Antonia e le chiese di raccontarle di Elisa, Antonia rispose che Elisa non poteva stancarsi e quindi faceva l'intervallo seduta, ma che lei aveva trovato il modo di giocare insieme. Univa i banchi e ci faceva correre le macchinine di Andrea così Elisa poteva rimandarle indietro. Immagina quanto si sentì sciocca la nonna ad averla sgridata, aveva scambiato un gesto di cura e di attenzione per un capriccio. A volte non ubbidire è la cosa giusta da fare, ma solo a volte. Saper riconoscere quelle volte sta a te e alla tua bellissima intelligenza. Non so se puoi capire questi discorsi, io non sono abituato a parlare ai bambini quando sono svegli.

Babbo Natale

P.S. La torre di Pisa piace anche a me, dovresti vedere che bello di notte volarci intorno con la slitta, tutta la piazza sembra costruita con i Lego in mezzo a un prato.

P.P.S. Fai la brava bravissima che buona lo sei già.

P.P.P.S. Il lazo va forte tra i bambini del Wyoming, vedrò di tenerne uno anche per te.

7.

Cesare varcò la soglia di casa nostra un pomeriggio di novembre. Indossava un caban, quelli dei marinai, non avevo mai visto un caban che non fosse su Corto Maltese, non sapevo comunque che si chiamasse caban, avevo tredici anni, ero seduta al tavolo della cucina, disegnavo, lui ne aveva sedici che potevano essere venti, trenta, quaranta, era grandissimo e io minuscola. "Lei è mia sorella Toni," gli disse Andrea. "Toni sarebbe un bel nome per una cantante… tipo Nico dei Velvet Underground," constatò Cesare. Mia madre sentì la necessità di specificare che mi chiamavo Antonia come la nonna. La odiai. L'odio puro che riuscivo a nutrire per la mamma è quello che mi spaventa nel rapporto con Vittoria e, a conti fatti, con l'umanità intera. Se io posso provarlo per gli altri, vuol dire che gli altri possono provarlo per me.

Cesare arrivava con la Vespa, un cinquantino verde oliva, e la parcheggiava nello spiazzo, se Andrea non era in casa si fermava ad aspettarlo anche ore, se ne andava in camera sua a suonare la chitarra, oppure restava in cucina a chiacchierare con mamma. Ero gelosa di lei, perché non aveva paura di fare domande e di raccontare, lui sembrava ascoltarla con interesse. Poteva toccarlo, dargli dei baci quando andava via. Capitò anche che gli tagliasse i capelli, in giardino, con la macchinetta di papà. Cesare amava cambiare e sperimentare, si tingeva, truccava gli occhi oppure metteva lo smalto nero, si fece il piercing al sopracciglio in uno studio di tatuatori in centro, spese trentamila lire che erano tanti soldi. Per il successivo si affidò a una con cui usciva, Alessia, che con ghiaccio e ago gli bucò la pelle sopra l'ombelico, ma nel giro di pochi giorni l'anellino che ci aveva infilato fu letteralmente espulso dall'epidermide. All'altezza del foro Cesare ha ancora un callo, ci giocavo accarezzandogli la pancia nuda.

Per Andrea tutte quelle trasformazioni, quei tentativi, erano vani, cioè frutto di vanità, lui aveva scelto la sua divisa da Andrea intorno ai quattordici anni, nessun tatuaggio, nessun piercing, tutte cazzate: jeans Levis 501, maglietta bianca sotto e maglioni sopra in inverno. Un parka color castagna se faceva freddo. Le scarpe le cambiava solo quando era necessario. Il concetto di necessario dettava gli acquisti della mia famiglia, si comprava *solo il necessario* che diventava *lo stretto necessario* se si trattava dell'abbigliamento dei miei genitori. La parola "shopping" che ogni tanto si sentiva nei film e veniva usata da qualche compagna di classe nella versione completa di "shopping con mamma", a noi suonava assurda come la parola "festa" a casa di un testimone di Geova.

Iniziarono gli anni di studio intenso, studiavo al ginnasio e poi studiavo Cesare, lo imparavo, annotavo sguardi, prendevo appunti mentali, cercavo i titoli delle canzoni che ascoltava, i nomi dei suoi gruppi preferiti. I cambi di umore e di gusti mi spiazzavano, quello che un giorno era il massimo il giorno dopo era vecchio, non facevo in tempo a leggere Paul Auster che già Paul Auster era prevedibile, a scoprire Nick Drake che già Nick Drake era una lagna, ma tenevo il passo. Se avessi partecipato a qualche gioco a premi, mi sarei presentata come massima conoscitrice di Cesare Salmé e avrei vinto. Non volevo davvero stare con lui, anzi volevo stare con lui tanto quanto le mie amiche volevano stare con uno dei Backstreet Boys, in un disegno irrealizzabile e quindi perfetto. Non avevo speranza, avevo solo sogni.

Quando vedo le ragazzine di oggi mi sorprendo della loro bellezza, nel giro di tre decenni si sono evolute, noi siamo state le Neanderthal di queste Sapiens sapiens. Io ero goffa, malvestita, indossavo pantaloni militari a vita bassa e maglie nere attillate, ero alta e magra e con una testa di ricci tagliati a fungo che mi faceva sembrare un cotton fioc. Disegnavo sempre, reinventavo copertine di libri o locandine di film, *I fiori del male*, *Il corvo*, oppure skyline di città inesistenti come Paris-San Francisco. Devo ancora decidere se l'immaginazione è stata la mia salvezza o la mia condanna.

Ero "quella che disegnava", a scuola, in paese, sul pullman, con i professori. "Posso vedere?" Tutte le amicizie che instaurai in quel periodo partivano dalla curiosità per i miei disegni. A quindici anni persi la verginità e cominciai a disegnare intrecci anatomici, mi piacevano le ginocchia, le clavicole più di tutto. Non so se i ragazzi con cui stavo volessero di più da me, eravamo troppo timidi per chiedere o rivendicare, prendevano quello che davo e viceversa. Non che fossero molti, tre o quattro, ebbi fortuna, ne ho ancora in un certo senso, posso dire di aver avuto tutti gli uomini che ho voluto, semplicemente perché prima di volerli mi sono assicurata che loro desiderassero me. Con alcuni feci sesso perché c'eravamo già e pareva brutto ripensarci all'ultimo, incredibile come ho accettato l'intimità per mancanza di intimità, non ti conosco abbastanza per sentirmi libera di dire scusa ci ho ripensato, piuttosto facciamo in fretta e togliamoci dall'imbarazzo.

Ho detto pochissimi *voglio* e molti *perché no?* E questo vale per tutto. Tranne che per Cesare. Cesare era il mio *voglio*, il mio credo, la mia causa. Facevo l'amore a occhi chiusi con questi ragazzi *perché no?* e immaginavo che i loro sguardi, le loro mani, le loro carezze lucidassero il mio corpo, lo rendessero più luminoso, più pronto per quello che sarebbe successo dopo.

Poi ci fu la notte delle giostre. Non fu annunciata, nessuna avvisaglia, niente vento prima del temporale, niente: arrivò. Io ero a casa, avevo da poco compiuto sedici anni. Era fine giugno, faceva caldo, c'era la festa delle ciliegie in paese, i rumori del tagadà salivano fin da noi. Cesare parcheggiò nello spiazzo la Guzzi che aveva sostituito la Vespa, Andrea era appena uscito. Mamma era già chiusa in camera sua a guardare la TV, papà leggeva. Restavo solo io. L'episodio dei battiti sul muro era di qualche mese prima. Per lui, per loro, era l'anno della maturità, tornare a casa voleva dire studiare e Cesare non ne aveva voglia. "Andiamo a fare un giro in paese?" mi propose. Era tipo da concerti, da cinema, da arrampicata in montagna, ma mai e poi mai da giostre, avevo studiato e quel capitolo non era in programma. Del percorso ricordo solo che continuavo a sbattere il casco contro il suo a ogni frenata e che non sapevo dove mettere le mani, sentivo di avere il sedere scoperto per metà, alcuni ragazzi in auto ci superarono e urlarono bel culo!

"Sembra l'ultima scena di *Grease*," fu il suo commento quando arrivammo alla festa in piazza. "Ma girata da Pupi Avati," aggiunsi io. Gli piacque. Mi portò sugli autoscontri, guidammo una volta per uno, mangiammo un gelato, parlammo dell'estate che lo aspettava, l'interrail con mio fratello, ma sembrava arrabbiato. Andrea aveva una ragazza nuova, Arianna, avevano discusso se portare anche lei, alla fine sarebbero partiti in tre. "Sai com'è tuo fratello," mi disse e io feci sì, ma evidentemente non lo sapevo come lo sapeva lui.

Io sapevo di un Andrea che aveva paura degli aghi e che non si sarebbe mai fatto bucare l'ombelico, per il resto qualsiasi bravata era sua, sapevo che non si guardava allo specchio, che era capace di passioni repentine per le ragazze che poi puntualmente lasciava e che quelle prima lo maledicevano poi gli mandavano lettere con scritto *Amore mio infinito*. Lo sapevo perché i biglietti li lasciava in giro dappertutto, per disinteresse non certo per esibizionismo. Sapevo di un Andrea che non mentiva e per non mentire non raccontava. Che era anche capace di grandi tenerezze e che mi spingeva a non avere paura: "Solo il bicchiere che non viene usato non si rompe, Toni, e io voglio rompermi nel più clamoroso dei brindisi."

"Sai com'è tuo fratello," disse di nuovo Cesare, poi seguì un silenzio e in coro ci uscì: "Stronzo!" Mi misi a ridere, lui fece lo stesso e poi mi baciò. Ho visitato quella notte milioni di volte e ho imparato che il ricordo è un paradosso, perché preserva il momento e insieme lo sgualcisce, lo slabbra, bisogna farne buon uso della memoria, io non ho mai imparato. Fumammo dell'erba e poi facemmo l'amore su un prato, arrivava la musica della festa e io mi sentivo come se fossi sul seggiolino della giostra, presa e lanciata da Cesare verso un punto irraggiungibile. Dopo mi riportò a casa, Andrea non era ancora tornato, mi diede un bacio in fronte. "Grazie, Toni, ci vediamo." Non specificò quando, né io lo chiesi.

Poteva essere la splendida fine della mia adolescenza, ma gli inizi e le fini si mescolano sempre. Infatti finì per loro il liceo e iniziò l'estate della maturità, se ne andarono in giro in treno su e giù per l'Europa, Andrea chiamava e io morivo dalla voglia di sapere se Cesare fosse accanto a lui, se parlasse di me, ma non chiedevo. Finì anche la storia con Arianna che si fermò a Parigi, partire in tre si era rivelata una pessima idea. Poi finirono le vacanze e tornarono, ma non erano esattamente quelli di prima, a casa non si vedevano quasi mai, Andrea usciva presto la mattina per far finta di andare a lezione, a Scienze politiche, e rientrava dopo giorni.

Per me iniziò l'attesa, aspettavo che accadesse qualcosa, che Cesare comparisse, mi parlasse, mi chiedesse scusa o mi scrivesse una lettera, un biglietto. Io ne scrivevo di continuo nella mia mente ed erano molto simili a quelli delle ex ragazze di mio fratello. *Amore mio infinito.*

Non accadde niente di niente, non si dice mai abbastanza ma di questo è fatta a volte la vita: di niente, di stai fermo un giro, e poi un altro giro e poi un altro giro. Cominciai a dubitare di me, mi ero inventata tutto, il mio desiderio era così forte da aver creato la notte delle giostre. A quattro anni avevo sognato di volare e al risveglio ero certa di poterlo fare, correvo per elevarmi di qualche centimetro in una scivolata sospesa a mezz'aria.

Gli anni successivi furono molto simili a quelli precedenti, solo più tristi, uscivo con le amiche o venivano loro da me, disegnavo, andavo a scuola. Il mio umore migliorò quando conobbi Cristiano, uno studente di Medicina palermitano fidanzato con una studentessa del DAMS anche lei palermitana, la loro distanza ci permetteva di evitare sotterfugi da amanti. Era molto simpatico, andavamo al cinema di pomeriggio, e quasi sempre aveva da ridire sulle incongruenze mediche delle trame. Un malato di cancro terminale non potrebbe mai avere un'erezione! sbottava. Oppure: ti pare che uno si possa svegliare dal coma dopo anni così pimpante? Negli horror, poi, gli intestini erano troppo corti, i cuori mai umani, troppo sangue, troppo poco sangue. Ci divertivamo, aveva teorie buffe tutte sue, tipo che il gelato lo mangiava solo d'inverno perché faceva freddo e non si scioglieva, mangiare il gelato d'estate gli metteva troppa ansia, una lotta contro il tempo.

Mi dava lezioni d'amore come se l'amore non ci riguardasse. Toni, prenditi uno bello, mi diceva, mai uno brutto: i belli sono più affidabili e fedeli, gli uomini brutti invece non ti saranno mica grati per averli scelti, anzi il tuo amore li farà uscire dal guscio, li farà credere in sé stessi e allora andranno in giro a scoparsi tutte quelle che possono e ti toccherà prendertela con te stessa, sei stata tu a fargli capire che possono. Poi dal punto di vista fisico i brutti migliorano, si fanno crescere la barba, acquistano fascino. A quel punto chiedevo se lui si ritenesse bello o brutto. Brutto, rispondeva, infatti sono un maledetto traditore.

Quando la fidanzata lo lasciò perché si era messa con il suo coinquilino a Bologna smettemmo di andare a letto insieme, le era diventato fedele a scoppio ritardato. Mi spiegò che non meritavo la sua erezione triste, ci scherzammo su, era divertente non prendere l'amore troppo sul personale. Dovrebbe mancarmi uno come lui, uno che ha dimostrato interesse per me, con cui ho condiviso giorni buoni, ma non ci penso mai, perché non ho mai cercato di dimenticarlo. Ecco un'altra cosa che ho imparato sulla memoria: il miglior modo per esercitarla è provare a dimenticare. Più ti impegni nell'esercizio dell'oblio, più evochi i ricordi.

Alla maturità presi ottanta, i miei si aspettavano di più però mi dissero brava e mi diedero un bacio, Andrea commentò che ottanta era proprio un voto figo, pieno, non da secchioni ma da intelligenti, aggiunse che se avesse mai dovuto assumere qualcuno per un lavoro avrebbe puntato ai diplomati con ottanta. Lui l'università non l'avrebbe mai finita, la seguiva a singhiozzo, con Cesare parlavano di aprire un locale, un circolo, una bocciofila. Un posto per fare musica, una palestra di roccia con bar. Una caffetteria sala studio. Non sempre nello stesso posto, a volte era a Barcellona, a volte era in Thailandia, altre in Finlandia. Intanto lo teneva impegnato il servizio civile, l'avevano mandato in un centro per anziani, un ospizio, passava mezza giornata con i vecchi, mi raccontò che ad alcuni faceva fumare hashish. Ma dai, Andrea, e se muoiono? Moriranno sereni.

Se avesse fatto il militare… avrebbe detto poi papà negli anni successivi.

Se avesse fatto il militare magari non ci sarebbe stato l'incidente, l'ospedale, il processo, la fine della mia famiglia come la conoscevo.

Papà non riusciva a perdonarlo e a perdonare sé stesso per non avergli dato più schiaffi o forse solo per non essere stato abbastanza concentrato su quel figlio a cui bisognava dire di non guidare stanco perché avrebbe potuto ammazzare qualcuno. Come a Vittoria avrei dovuto dire della forchetta nel tostapane.

Quello che avvenne fu doloroso, impastato di solitudine, senso di colpa, incapacità di dire, vergogna, e non è finito mai. Ci sono dolori che il tempo non cura. Che il tempo sia una medicina è vero solo a metà: è una medicina che non ti fa guarire, al massimo silenzia i sintomi della malattia. Il tempo al massimo è un anestetico. Ma se il dolore, il senso di colpa, la solitudine sono reazioni giuste, perché provai vergogna? Perché dopo l'incidente, nel mezzo del dolore, dei perché, del cosa ne sarà di lui e di noi tutti, dopo, anzi durante, Cesare si innamorò di me.

8.

Cinque giorni a Natale.

Simona Buonanno arriva allo studio legale di Riccardo Politi nella giornata più fredda dell'anno. Si sono accordati per un incontro rapido, invece di una videochat, "Sono al telefono da due giorni, vedere qualcuno mi farà bene," ha detto lei. Non ha mentito, è davvero al telefono da due giorni e se non è il telefono è il computer e se non è il computer è il televisore. Da due giorni e due notti. Dormire dorme poco fin da ragazza ma con la menopausa l'insonnia è peggiorata, a quarantanove anni sono iniziate le vampate e non sono mai finite, qualcuno le accende un falò sotto il letto e lei prende fuoco all'improvviso. Suo marito al contrario dorme ovunque, ovunque si posi il suo sonno attecchisce, gli basta sedersi su una sedia comoda, chiudere gli occhi e il corpo mette radici, placido e beato. Treno, aereo, teatro, sale d'aspetto, divanetti nelle boutique dove la moglie fa shopping, da giovane in discoteca nel privé, una volta si è persino addormentato sul brucomela, stava accompagnando la nipotina, il giostraio vedendolo con la testa ciondoloni aveva temuto un attacco cardiaco.

Luigi e Simona non condividono la camera da letto, una coppia può sopravvivere ai tradimenti, alle incomprensioni, ai silenzi, ai cambiamenti, ma al russare no. E Luigi russa. Chi russa è negazionista, perché non è testimone della propria colpa. Ma anche di fronte all'evidenza non può che arrabbiarsi, la rabbia degli innocenti: il russatore non sceglie di russare e poco può fare per smettere, i cerotti, i cuscini, i monitoraggi del sonno sono inutili, l'unico rimedio efficace è una camera ben insonorizzata. Così Luigi russa nel suo studio con baldacchino e Simona suda nella sua stanza matrimoniale e intanto manda email, con il computer sul grembo e gli occhiali sul naso.

All'ingresso dello studio legale un albero di Natale è allestito con gusto, palline di vetro della stessa tonalità di rosso e oro. Simona ne è colpita, è un albero di classe, non troppo creativo, elegante. Quest'anno lei ha voluto fare il suo con i libri, ha studiato un tutorial, si è trattato di costruire un nuraghe di volumi colorati e poi file di lucine per adornare l'opera. I libri sono di carta, no? Quindi in qualche modo sono alberi anche loro, ha spiegato a Luigi, che la guardava zitto. Marito mio, tanto sei rumoroso quando dormi quanto sei silenzioso da sveglio, e ha chiuso la faccenda. Luigi lascia alla moglie l'ultima parola e anche quella prima e quella prima ancora a ritroso fin quando apre la bocca.

"Dottoressa, prego." Politi fa accomodare Simona e la segretaria chiede se vogliono un caffè.

"Quindi ha conosciuto la mia Antonia."

"Sì, ci siamo incontrati."

"Lei deve avere qualcosa di speciale, avvocato, perché è l'unica persona che Antonia abbia accettato di vedere."

"A volte ci si trova meglio a parlare con gli sconosciuti."

Simona annuisce e si passa la mano tra i capelli, prima di uscire si è fatta la piega con un nuovo metodo. Ha preso le ciocche e le ha infilate una dopo l'altra in una lattina di Coca-Cola ben lavata e poi ci ha passato il fon sopra. Glielo ha insegnato CurlottaHair, una che sta corteggiando perché vorrebbe rappresentarla, ha un canale Instagram. L'effetto è un mosso tonico.

"E come l'ha trovata?"

Riccardo scruta la stilografica che tiene con tutte e due le mani come fosse un test rapido che custodisce una risposta. Positiva o negativa.

"Mi è parsa relativamente tranquilla."

"Troppo tranquilla, secondo me! Ho contattato un esperto di *crisis management*, consiglia di dichiarare l'esaurimento nervoso, adesso c'è tanta attenzione per le patologie mentali, metterebbe tutti a tacere. Magari diciamo che ha un principio di Tourette, sa quella sindrome per cui dici cose che non vorresti dire..."

"Sono abbastanza certo che la Tourette non sia episodica."

"Era per dire. Tourette o qualsiasi altra cosa. Cinque anni fa una famosa attrice si è presentata a una prima con i capelli grigi tagliati molto corti. Tutti a dire che era sciatta, invecchiata, uscirono articoli su riviste di moda, sa quelle rubriche *Look top e Flop*, ecco lei era *Flop*. Dopo due mesi salta fuori che aveva avuto un tumore e il taglio corto e il grigio dipendevano dalla chemioterapia. Una bella chemio e tutto risolto, ha guadagnato centomila follower in un giorno. La malattia azzittisce, non crede?"

Politi sorride dubbioso, *bella chemio* è tra le cose più assurde che mai abbia sentito, e lui ne sente tante. Ma anche nel suo lavoro le malattie a volte comportano una riduzione della pena o valgono come attenuanti.

"Conosce Antonia da tanto?"

"Sette anni, circa, con il tempo non vado d'accordo, per me è tutto ieri. Un'amica mi manda un disegno di questo Toni, era una ricetta, ma rappresentata passo passo, nei minimi dettagli, la bottiglia d'olio... L'avesse vista, era una miniatura, ti metteva nostalgia solo a guardarla, sentivi l'odore di casa di nonna." Ha un tono confidenziale Simona, ogni cosa esce dalla sua bocca come se fosse rimasta in attesa dietro i denti, titubante e circospetta.

"Toni era Antonia," cerca di tagliare corto Politi.

"Esatto, pensavo fosse un uomo, fu una sorpresa scoprirla donna, mi folgorò, mi sono detta è così giusta, così giusta! E le ho scritto sulla sua pagina Facebook, aveva avuto da poco la bambina, povera gioia, era distrutta, non la bambina, lei era distrutta, sono cose che non si dicono ma credo stesse uscendo da una depressione post-partum, ho conosciuto anche il marito, ora ex marito, Cesare, bell'uomo davvero."

Il cellulare della Buonanno vibra, deve rispondere, intanto Politi si rende conto di non aver bevuto il caffè che la segretaria ha portato e si accorge anche di detestare Cesare, il *bell'uomo davvero*, e di tollerare poco questa donna tenuta su da un'impalcatura invisibile di profumo, massaggi, ore dal parrucchiere, letture alla moda, tutorial, cene e viaggi. Lei riattacca il telefono.

"Dove eravamo rimasti?" Simona si china verso l'avvocato, gli porge l'orecchio, come a dire sono tornata.

"Ha proposto ad Antonia di rappresentarla."

"Avevo contatti con la Graffianti, il marketing voleva investire in un progetto che unisse il food e l'infanzia. Toni era perfetta. Bisognava solo convincerla, era piena di dubbi e io a dirle: Toni, cara, c'è gente che darebbe una *falangiue* per essere al posto tuo."

Falangiue, le esce così, *darebbe una falangiue*.

"Chi la convinse?"

"Il marito, avevano un locale insieme, andava male, lei aveva bisogno di trovare una strada sua, anche dei soldi in breve tempo."

"E fu un successo."

"Sì, davvero un successo, tutti pazzi per Ottavia Meraviglia. Le mamme la adorano perché insegna la geografia, le femministe la adorano perché Ottavia è un'eroina moderna. I medici hanno sottolineato il messaggio positivo lanciato dalla serie, perché fa educazione alimentare in un'epoca di obesità che riguarda anche i più piccoli."

"Poi è arrivato il programma in TV..."

"La Rai le direbbe che la fortuna di Ottavia l'ha fatta il programma, Graffianti le direbbe che la fortuna del programma e del libro l'ha fatta il loro tempismo e via così."

"Il successo ha tanti padri, il fallimento uno solo," sentenzia Politi, si alza dalla scrivania e si sposta verso la finestra da cui entra un sole pallido.

"Siamo al fallimento dice?" Simona si porta una mano al petto, *fallimento* l'ha colpita.

"No, no. È per questo che ho scritto ad Antonia, vorrei che il suo caso diventasse esemplare, soprattutto per l'uso dei social. Penso ai social come alle sigarette, quando il tabacco si è diffuso era considerato un digestivo, ne venivano esaltati i pregi, tutti fumavano ovunque, vicino ai bambini, in casa, al cinema. Poi pian piano è arrivata la consapevolezza che fumare è nocivo e il gesto è stato regolamentato, non si fuma più nei luoghi pubblici. Noi dovremmo fare lo stesso con i social, regolamentare il Far West di commenti, non si può scrivere tutto quello che ci passa per la testa senza valutare le conseguenze. E, da che mondo è mondo, le regole si danno nel foro. Per questo vorrei che il caso Baldi facesse giurisprudenza."

"C'è solo un piccolo problema: non riesco a parlare con la nostra giurisprudenza. Antonia non mi risponde e mi risulta non risponda a nessuno, a parte lei, evidentemente. Ha lasciato i social in balia degli hater e io non ho gli accessi. L'unico segno di vita che ha dato a me è stata un'email con i contatti di questo studio, sono andata a casa sua ma niente, le luci sono spente e la custode sostiene che l'auto non c'è."

Politi non rivela il luogo del loro incontro, se Antonia non vuole farsi trovare avrà i suoi buoni motivi. Restano un secondo in silenzio.

"Quando giochi a tirare la corda è nel massimo dello sforzo che si molla, tutto insieme," sussurra Riccardo, come se parlasse tra sé.

"E questo cosa significa?"

"Che forse Antonia ha lasciato andare la corda prima che si spezzasse."

"Ma quale corda? Le cose stavano andando così bene, non erano mai usciti suoi libri a Natale, è un momento perfetto, avevamo già fissato la data per *Mi fermo qui*, avevamo la prima serata, capisce? La prima serata in TV per un libro illustrato per bambini!"

Non capisce, è evidente. Simona trova Politi rozzo, l'accento calabrese addomesticato ma pronto a tornare aggressivo con i cambi di tono, con le sue aspirate fuori luogo.

"Non lo so, forse, ma dico forse, lei si è sentita da sola a tirare e di là c'erano la figlia, l'ex marito, gli impegni e chissà che altro e chi altro."

"Questo le ha detto?"

"No, mi ha detto molto poco, però mi ha indicato lei come quella agguerrita, che ha voglia di litigare."

Simona gongola, come se avesse ricevuto un grande complimento.

"Mettiamola così: ho la luna in Sagittario."

La luna in Sagittario. Politi lascia cadere l'informazione per non rischiare una lezione di astrologia in cui gli viene detto che anche Alessandro Magno aveva la luna in Sagittario. La luna in Sagittario gli genera la stessa fitta di scoramento di quelle biografie minime che trova su Tinder: leggo Carrère e della pizza mangio anche la crosta.

"Allora, Simona, mi dica come stanno le cose al momento."

La Buonanno si aggiusta sulla sedia, riprende una postura seria, professionale.

"Le MammeNatale, così si fanno chiamare, si sono consorziate, hanno addirittura stilato un manifesto in difesa dei diritti alla fantasia dei bambini. Chiedono a Graffianti di sospendere la promozione del libro e di ritirare le copie dal mercato. Stessa cosa per le repliche del programma di Ottavia che sono ancora in onda. Graffianti ha subito interrotto il tour promozionale, anche perché l'autrice si è data alla macchia, ma temporeggia sull'intervento nelle librerie, capirà bene che per la casa editrice il danno sarebbe immenso. Comunque molti librai hanno cominciato da soli a rendere il libro e messo in vetrina tutti i titoli possibili con Babbo Natale in copertina per far capire da che parte stanno. Un gruppo di booktoker ha lanciato un contest con l'hashtag SantaIsAlive leggendo le loro letterine di quando erano piccoli, cioè l'altro ieri, perché a giudicare dalle loro facce avranno quindici anni questi creator di TikTok. Il ministero della famiglia ha diramato una nota con la quale informa che nella prossima finanziaria sarà promosso un Xmas Bonus affinché tutti i genitori possano organizzare un magico Natale nelle case. Al momento va così. Sono stata contattata da giornali e trasmissioni TV, sotto le feste una notizia come questa se la strappano di mano. Il silenzio di Antonia non aiuta."

"Questo non lo so, il mio consiglio è di non muoverci prima delle feste, sul resto non voglio entrare nel merito, immagino ci sia un ufficio stampa che si occupa di voi."

"No, non c'è ufficio stampa, nessun social media manager, niente, su Facebook e Instagram ha sempre voluto scrivere Toni in persona, TikTok non l'ha mai aperto. Poi, tutta questa attenzione, anche quando era benevola... non so se lei l'abbia mai davvero desiderata. Credo che sia questo che piace tanto, che piaceva: Toni sembra lì per caso, non fa paura, è accessibile, buffa, non si tinge i capelli, poca attenzione ai vestiti, le donne non vogliono essere come lei perché lo sono già." La Buonanno si interrompe e risponde di nuovo al telefono. "Posso chiamarti tra poco, cara? Finisco una cosa e arrivo, sì sì è un periodo assurdo, ma sto bene, resisto."

Politi si domanda a cosa debba resistere. Alla tensione di questi giorni probabilmente, ma il tono è di chi sta resistendo alla malattia, alla morte, al lutto. Gli pare tutto assurdo, una recita. Anche lui, in questa stanza è un attore. Non sa quale sia il copione. La replica di una replica di una replica di cui si è perso l'originale.

"La questione dell'esaurimento nervoso di cui mi parlava prima..."

"Come le dicevo, un'idea di Manuel Cara, l'esperto di comunicazione che ho contattato, un amico. Gli ho parlato della difficile situazione di Antonia."

"Difficile?"

"Be', sì, difficile, sa è una creatura fragile. Intelligente ma in difficoltà. La vedesse di fronte a un modulo SIAE o a una dichiarazione dei redditi: va in tilt, completamente. Quest'anno è anche mancata la mamma."

"Mi spiace, non lo sapevo." Si dispiace soprattutto perché a cena ha parlato del proprio padre e non ha chiesto nulla dei genitori di Toni. Ha esagerato, pontificato, ha tirato fuori anche Gesù.

"Io sono una sorella maggiore, per lei," conclude la Buonanno.

"Non ha fratelli?"

"Uno, più grande, ma non ne parla, mi pare avesse accennato al fatto che vive lontano ormai da molti anni, temo abbia avuto problemi con la giustizia. Al funerale della madre non c'era, quale figlio non va al funerale della madre? Comunque, se le interessa, magari può verificare lei."

"Perché dovrei verificare?"

“Ma non so, per farsi un’idea più precisa.” La Buonanno è spazientita, pensa a questo avvocato come all’ennesima cantonata presa da Toni.

“Ora devo proprio andare, le ho fatto una copia di tutti i contratti e le ho mandato le email più rilevanti riguardo agli eventi previsti per Antonia. Ho anche stampato le dichiarazioni delle MammeNatale.” La Buonanno gli porge la mano. “Anche se tra cinque giorni è Natale, lei mi può chiamare quando vuole, io sono a sua disposizione.”

Mentre Politi le stringe la mano con imbarazzo, entra la segretaria, è trafelata, la figlia non sta bene e deve andare a prenderla a scuola. Politi le dice di correre, certo, di non preoccuparsi.

“A Natale siamo tutti più buoni, vero, avvocato?” commenta l’agente quando sono di nuovo in due nella stanza.

“Non credo. A Natale siamo tutti più soli, dottoressa.”

Quando resta solo davvero, Riccardo manda un messaggio ad Antonia.

“Ho conosciuto la tua agente, incontro interessante. Noi quando?”

“Noi domani sera, alle sei, solito posto.”

C’è un noi.

9.

Quattro giorni a Natale.

Ci sono tre cose, e qui parlo per esperienza, che possono essere solo facilissime o difficilissime, nessuna via di mezzo. La prima cosa facilissima o difficilissima è dare la vita. Conosco donne che non sono riuscite a rimanere incinte, coppie che si sono dannate per anni, attaccate alla speranza di una gravidanza impossibile. Procedono lente nella fila destra, mentre nella fila sinistra marciano spedite le puerpere per caso, per un preservativo bucato, per una distrazione. Mettere al mondo: difficilissimo o facilissimo.

Poi c'è la seconda cosa facilissima o difficilissima che è morire. Si muore in un istante, all'improvviso, baci i tuoi bambini, vai a dormire, non ti svegli più, tutto finito. Oppure sembra che non si muoia mai, c'era una signora accanto al letto di mamma, non voleva andarsene, il cuore continuava a pompare, le vecchie abitudini sono difficili a morire, come le persone. Difficilissimo e facilissimo anche questo.

Infine c'è l'amore. L'amore, quando non ami o soffri di disamore, ti sembra impossibile, ti pare sia qualcosa che può accadere solo agli altri. Gli altri passano di storia in storia, volubili, rapidi nel dimenticare, facili nei gusti, fortunati, sciocchi, soprattutto sciocchi. Tu nulla. Invece quando ti accade, quando l'amore succede a te, sembra l'unica opzione logica.

Mettere al mondo, uscire dal mondo, trovare la propria persona nel mondo. Le tre cose della vita facilissime o difficilissime, le opzioni intermedie non sono previste da Madre Natura.

Vittoria è stata per me difficilissima. Difficilissimo concepirla, difficilissima la gravidanza trascorsa a letto, con nausee insostenibili e un malessere che cresceva con lei, difficilissimo il parto. A distanza di otto anni, il Mio Parto è ancora lì che mi guarda, un'entità demoniaca, alto e muscoloso, un freddo sicario, il Mio Parto è stato un golem di dolore, un terremoto che agitava ma non smuoveva, un fuoco freddo che non scaldava. Ho lottato per diciassette ore, finché il Mio Parto ha avuto la meglio, mi ha messo a terra e, con il corpo imprigionato, mi ha costretta a battere due volte la mano sul materasso in segno di resa. Io non mi apro, apritemi voi, vi prego, ho detto alla diciottesima ora di travaglio. Dopo il cesareo, a dispetto del suo nome, Vittoria tra le mie braccia aveva l'aria poco convinta dei premi di consolazione.

Figli piccoli, problemi piccoli è uno dei modi di dire più assurdi con cui i genitori cercano di consolarsi: Vittoria neonata era mastodontica, mastodontica nelle coliche, nel non dormire. Ho letto una favola che racconta di un gruppo di bambini che, prima di nascere, su in cielo, sceglie i propri genitori. Mi è stato subito evidente che Vittoria non aveva scelto me, piangeva perché doveva esserci un errore, non ero la mamma che aveva indicato sul catalogo, lei aveva chiesto quella dai fianchi larghi e il petto pieno di latte che cantava di piccoli squali in inglese e non si stancava mai di tenerla tra le braccia. Invece a me il latte non veniva. Si pensa che i fiori si aprano per esplosione, come un'energia che viene da dentro, al contrario i fiori sbocciano perché non oppongono resistenza. La maternità in me non sbocciava, la trattenevo.

"Signora, deve reggerle la testa", "Il pannolino è da cambiare", in ospedale le infermiere mi trattavano come si tratta un'alunna svogliata. "Possibile che non riconosca il pianto di sua figlia?" mi disse una svegliandomi, perché Vittoria piangeva e io dormivo. "Piangono tutti," risposi. "Questa proprio non capisce," borbottò tra sé andando via, o forse lo sognai. Però è vero che non capivo, non capivo perché mi volessero trasformare in una madre, come se ormai il mio destino fosse quello e basta. Forse è vero che sono una cercatrice, avevo desiderato Vittoria per trovare quello che cercavo e avevo voluto credere che ciò che cercavo fosse dentro la bambina, che avesse lei le risposte, ma lei aveva solo domande. Perché sono qui? Perché io? Perché tu?

Cesare era a proprio agio, soddisfatto, nessuno lo voleva trasformare solo in un padre, lui poteva continuare a essere chi era. Scriveva ninnenanne buffe, portava Vittoria in giro dentro un marsupio, fiero e bello, lui era quello indicato da Vittoria sul catalogo, io le ero toccata come condizione, nelle postille del contratto. All'inizio mi dava sollievo avere dei compiti, seguire degli orari, un protocollo, spuntare tutto quello che c'era sul quaderno immaginario della maternità. Studiare sapevo studiare. Avevo imparato Cesare, avrei imparato anche Vittoria.

Invece non riuscivo, la mettevo a letto in un modo e si svegliava diversa, le regole venivano cambiate ogni giorno, non era possibile addomesticarla.

Andavo spesso da papà che nel frattempo era diventato nonno Claudio, il passeggino non passava attraverso la porta del suo appartamento, trafficavo con un sistema di leve e alza e piega per farlo entrare, ma papà si innervosiva per la nostra comune inettitudine. "Mollalo sul pianerottolo 'sto ambaradan," concludeva, e così facevo. Mi lasciava la sua poltrona, stare seduta lì mentre lui cullava Vittoria mi dava sollievo. Anche sentirgli dire le piccole frasi dell'amore, chiudevo gli occhi e le stava dicendo a me. Un giorno gli chiesi se secondo lui Vittoria fosse felice. Alzò le spalle e disse che nessuno si era mai interrogato sulla felicità di Gesù. Mi sembrò una bella risposta, ma onestamente non so bene cosa intendesse dire, non l'avevo mai sentito tirare in ballo Gesù.

Dopo un po' mi alzavo e facevo il caffè, nel frigo poche cose, i sottaceti, le pesche sciroppate, affettati e un pezzo di formaggio. Aveva dovuto reimparare i propri gusti dopo la separazione da mamma, ma sembrava contento. La casa odorava di polvere, libri e penombra. Che era lo stesso odore della soffitta nella casa in paese, un odore finalmente libero di girare per tutte le stanze. Adesso la casa di papà odora della Signora, la sua fidanzata. Lo dico ad Andrea, mentre camminiamo lungo la strada per la chiesetta della Madonna Nera.

"Papà ha una fidanzata?" Ma non sembra affatto sorpreso.

"Sì, vivono insieme, è una ex professoressa di educazione fisica. Fanno sport… lunghe passeggiate con i bastoncini."

Andrea sorride e mima il gesto dello sci di fondo con le braccia. "Mi sono sempre chiesto che tipo di persona potesse usare i bastoncini per camminare."

"Ora hai la risposta: papà e la sua Signora."

Fa freddo, c'è odore di umido e di Natale che è poi l'odore delle stufe delle case intorno.

"C'era al funerale di mamma."

"La Signora conosceva la mamma?"

"No, figurati. Mi ha fatto strano vederla lì, sono stata tentata di parlarne a papà, di spiegargli che non era di buon gusto, che non sarebbe piaciuto alla mamma, ma la verità è che alla mamma non sarebbe importato nulla. A mamma importava di pochissime cose: di Vittoria, di te, delle rose, di Gerundio."

"E di te."

Lo dice ed è giusto che lo dica.

"Ma sì certo, anche di me, ma dopo Gerundio."

Rido, ho il fiatone, Andrea e la sua camminata da stambecco mi mettono alla prova.

"Comunque avrei voluto ci arrivasse da solo, non era il caso di venire con la Signora... una questione di principio."

"Le questioni di principio sono quasi sempre dei capricci mascherati, sorellina. Quando uno non ha argomenti o si vergogna dei propri argomenti, tira in ballo la questione di principio."

Ha ragione. Il vero argomento è che papà lo preferivo da solo. La sua felicità, fuori tempo massimo, mi era sembrata un'aggravante alla malattia di mamma.

"Però dà speranza, no?" aggiunge Andrea. "La vecchiaia non va quasi mai come dovrebbe, è bello che papà si sia tenuto il meglio per la fine, come l'ultimo boccone del piatto preferito."

"È che questo papà, innamorato, svagato, non lo riconosco."

"Sai come diceva nonna: cose che capitano ai vivi."

Andrea cammina come se desse un piccolissimo calcio a una pietra immaginaria, impercettibile.

"Di innamorarsi?"

"Di deludere. I morti non sono deludenti. La cosa bella dei morti è che non si ribellano, uno li può raccontare come vuole, sono lì per essere riscritti, sono di chi se ne prende cura. La cosa bella e pure spietata delle persone vive è che esistono al di fuori del nostro modo di pensarle, si muovono, noi possiamo dar loro un ruolo e loro possono farci il dispetto di rifuggirlo, di andare lontano rispetto a dove le abbiamo messe. Le persone vive cadono dai piedistalli, salgono e scendono da stelle e stalle. Ti posso immaginare a piagnucolare: papà dove sei finito? Ti avevo dato il posto d'onore qui, sulla mensola delle cose essenziali e immutabili, tra il sale e il caffè... Le persone vive purtroppo e per fortuna non sono soprammobili delle nostre certezze, né noi siamo i soprammobili delle certezze altrui. Anche tu non lo sei, tutta quella gente è incazzata con te perché non se lo aspettava che ammazzassi Babbo Natale. Da te la gente si aspettava la favola."

Mi cola il naso, tiro su e sembra che pianga. Ne avrei voglia.

"Tu che sei così saggio... perché non vai da papà?"

"Tutto quello che dovevamo dirci ce lo siamo detti, tanto tempo fa."

"Cosa vi siete detti?"

"Ci siamo perdonati."

"Per cosa?"

"Per don Dante, ad esempio."

La storia di don Dante fa parte della mitologia della nostra famiglia. A dodici anni Andrea cominciò a frequentare l'oratorio del paese, non era nemmeno battezzato ma il parroco era amico d'infanzia di papà e poi nell'oratorio c'era il tavolo da ping-pong. Andrea adorava il ping-pong. Un giorno il don che si chiamava Dante telefonò a casa, qualcuno aveva rubato i soldi delle offerte, i ragazzini della parrocchia dicevano che quel qualcuno era Andrea. La sera ci fu una riunione di famiglia, tutti intorno al tavolo a cena, la televisione spenta, papà era cupo, parlò piano, poi siccome non arrivava al dunque intervenne mamma che urlò: "Cosa ti è saltato in mente? Figlio disgraziato." Fu una delle prime volte in cui gli dava del disgraziato. Io ero lì, piccola, e pensavo: Perché non gli dici che non sei stato tu? diglielo, e Andrea lo disse e io tirai un sospiro di sollievo. "Non sono stato io," guardando mamma negli occhi, fisso, occhi che non distinguevano tra adulti e bambini. Accadde quello che accadeva spesso: i pesi si spostarono. Papà continuò a dire che era stato Andrea, la mamma prese le sue difese. Negli anni mamma rinfacciò spesso a papà che aveva preferito credere a un parroco mezzo ubriacone invece che a suo figlio.

"Io l'ho perdonato perché non mi aveva creduto. E lui mi ha perdonato perché rubai i soldi e ci comprai le sigarette per i miei amici e per quel coglione di Francesco Tosi che lo disse al prete."

"Ho sempre pensato che non fossi stato tu, anche mamma ne era certa."

"Mamma mi ha sempre creduto. Ero un casino, Toni, non ero un figlio, ero un atto di fede."

Siamo arrivati alla chiesetta. La nebbia è a valle, sta scendendo la sera, ci sediamo sulla panchina davanti al sagrato e guardiamo verso un punto davanti a noi.

"Ma poi don Dante che cazzo di nome è?"

Mi scappa da ridere. "Un nome da campanaro."

Andrea gira una sigaretta e l'accende, mi offre una boccata, ma faccio no con la testa. Mi sfiora. È vestito troppo leggero per questo freddo, ma le mani sono sempre calde.

"Una volta fumavi."

"Ho smesso quando cercavo di restare incinta di Vittoria, un fioretto. Buffo, no? Io, in fondo, penso ancora che se faccio la brava, se smetto di fumare, Babbo Natale mi porterà i regali."

"Io mai fatto il bravo e ho avuto regali bellissimi."

"E allora vedi che ho ragione a dire che Babbo Natale non esiste." Batto i piedi per terra, voglio andare, sto gelando.

"Tu scendi, io resto ancora un secondo."

Lo guardo mentre aspira l'ultima boccata, spegne la sigaretta sotto la suola e si infila la cicca in tasca.

"Io devo vedere l'avvocato."

"Di nuovo?"

Non mi sembra abbia un tono infastidito, al massimo sorpreso. "Di nuovo."

"Ti piace?"

"Ma che ne so!"

"Certo che lo sai."

"Diciamo che mi sono sentita al riparo."

Andrea resta a bocca aperta a respirare l'aria fresca, mostra i denti come fanno i gatti che annusano l'aria con la smorfia da cacciatori assorti.

"È un buon segno. Le persone, quelle giuste, riparano, le crepe, le ossa rotte, i giorni andati, e riparano anche nell'altro senso, dal brutto, dal pericolo."

"Vedremo."

Mi apre la mano e ci depone un piccolo bacio, proprio al centro. Mi guardo il palmo semiaperto come se ci fosse appollaiato dentro un pulcino e glielo chiedo: "Stai per partire vero?"

"Forse."

"Promettimi che quando andrai via, mi avviserai."

"Te lo prometto."

10.

Estratto del manifesto a difesa della fantasia dei bambini a firma delle MammeNatale.

Il diritto alla felicità libera e piena. Noi MammeNatale ci impegniamo a non fantasticare su che professione sceglieranno i nostri figli da grandi e quando ci chiederanno cosa ci piacerebbe diventassero risponderemo sempre e soltanto: persone felici.

Il diritto all'innocenza. Noi MammeNatale ci opporremo a tutti coloro che vorranno forzare o accelerare il percorso di crescita dei nostri bambini.

Il diritto alla verità. Vederci piangere, vederci essere tristi o arrabbiate, i nostri figli ci devono vedere per quello che siamo, nelle nostre fragilità. Se nascondiamo le nostre emozioni non impareranno a essere più forti, impareranno solo a mentire meglio.

Il diritto a credere. Riteniamo che non ci sia niente di più bello di un bambino che, la sera della vigilia, prepara il latte e i biscotti per Babbo Natale. Noi combattiamo per quella meraviglia, per quella cura, per quel gesto, per l'innocenza.

Da quando c'è Milo, Monica ha innalzato i festeggiamenti natalizi a forma d'arte. Ha preparato calendari dell'Avvento sempre più complessi e strutturati, imparando anche a cucire e tessere. L'ultimo si compone di venticinque scatoline, ognuna contiene un pensiero scritto a mano e un seme diverso da interrare. Da qualche anno poi si è aggiunta una nuova tradizione, quella di *The Elf on the Shelf*. Ne ha sentito parlare sui social, ha comprato il libro americano e ha pensato che fosse una splendida idea adottare un elfo per Milo. L'elfo è di panno e ha un ghigno inquietante, se ne sta seduto a gambe incrociate sul tavolino d'ingresso e ogni giorno propone idee, suggerisce compiti, lancia piccole cacce al tesoro, a cui poi Monica e Milo giocano durante il giorno. Lo fa scrivendo missive su fogli lasciati in giro per la casa. Milo è collaborativo, rispetta l'elfo, ma non vede l'ora che sparisca con la fine delle feste, sapere che di notte si anima lo terrorizza.

Riccardo nemmeno fa l'albero, nel suo appartamento ha un piccolo presepe portatile in cinque pezzi che tira fuori dal cassetto della scrivania intorno all'8 dicembre e rimette nel cassetto il 6 gennaio. Non capisce tutto quell'impegno nell'alimentare la fantasia dei bambini, quando la fantasia dovrebbe essere un muscolo che si alimenta da sé. Invece la sua ex moglie, se potesse, entrerebbe nei sogni del figlio per illuminarli meglio, sceneggiarli con più pathos, renderli meno ordinari.

Da qualche giorno l'elfo comunque dà strani compiti a Milo: "oggi devi guardare tre film della Disney" oppure "gioca alla Play". Tutto per lasciare la mamma libera di occuparsi delle MammeNatale, è stata anche ospite di una trasmissione televisiva in prima serata. È venuto a casa un signore con una telecamera e delle luci, e ha fatto le riprese. Monica ha letto il manifesto a difesa della fantasia dei bambini, firmato da diverse personalità dello spettacolo e della cultura e illustrato da un amico grafico che non sentiva da tempo.

Monica lavorava come account in un'agenzia di pubblicità, fu allora che conobbe Riccardo, amico di amici. Prima dell'incontro nessuno le aveva detto conosco un tipo proprio per te. Nessuno lo aveva detto a Riccardo. Un po' perché davano l'idea di due in grado di trovarsi il tipo adatto da soli, un po' perché non c'entravano niente l'una con l'altro. Se fosse stato un attore, Riccardo avrebbe potuto interpretare solo il ruolo del cattivo, del mafioso o del pugile. Fu questo che piacque a Monica e poi fu questo che Monica detestò. Riccardo era rozzo e appassionato, vagamente maschilista, testardo e non accettava di sbagliare.

L'amore c'era stato? La risposta era sì, forse, chissà, ma si era trattato di una spinta iniziale che li aveva colti di spalle in una strada già in discesa. La coppia prese velocità perché i tempi erano maturi, entrambi erano in quella fase della vita in cui si sceglie di mettere su famiglia e avere figli, anzi erano in quella fase della vita in cui temi che sarà la vita a scegliere per te. Il matrimonio durò cinque anni. Lei diceva che si erano lasciati per via del tradimento, lui non era d'accordo. Era come sostenere che i malati di AIDS morissero di polmonite. Tirare fuori i malati di AIDS a sproposito era una di quelle cose che Monica non sopportava di suo marito, era indelicato, tranchant, diceva "bucciare" le verdure invece di "sbucciare", lo aveva corretto mille volte e lui niente, perseverava nell'errore. Con la nascita di Milo lei aveva scelto di smettere di lavorare, aveva seguito un corso di cucina e aiutava un'amica nel catering di dolci. Il fatto che ora con le amiche e anche con Milo sostenga di "lavorare come chef" irrita Riccardo. Monica non lavora, si intrattiene, e non ci sarebbe nulla di male se solo lo ammettesse. In tre giorni il suo profilo Instagram è arrivato a 97.000 follower e la Wizard, prima concorrente di Graffianti, ha proposto al collettivo MammeNatale di scrivere un libro.

Riccardo arriva davanti alla bocciofila alle diciotto sta per parcheggiare ma si rende conto che l'insegna è spenta e il portone chiuso. Antonia è seduta sui gradini, si alza rapida e si infila in auto al suo fianco. "Fa un freddo porco," dice, e lui accende il riscaldamento del sedile. Prendono atto dell'evidenza: niente vino e agnolotti stasera.

"Mi ero vestito bene per l'occasione." Si è cambiato appena uscito dall'ufficio, è in jeans e indossa un maglione pesante, blu.

"Cosa avresti fatto, se non ci fossimo visti?" Antonia si scioglie al caldo dell'abitacolo, il freddo preso fuori è sparito, apre il cappotto, mette la cintura di sicurezza.

"Sarei andato in palestra."

"In palestra!"

"Non è una palestra con i pesi, è una palestra di boxe."

"E hai il borsone con il cambio?"

Riccardo indica il bagagliaio, un po' sorpreso.

"Allora andiamo, immagino sia uno di quei posti senza mamme incazzate."

"Più un posto che fa incazzare le mamme."

Antonia fa cenno di partire.

"Davvero vuoi andare in palestra?" Riccardo è incredulo.

"No, voglio che tu vada in palestra. Io ti guardo, se non ti dispiace."

Durante il percorso ascoltano per un po' Sam Cooke in silenzio.

"Mi volevo scusare, l'ultima volta ho parlato tanto, troppo."

Antonia fa un gesto con la mano, come se intrecciasse le parole di Riccardo tra le dita.

"Mi sono divertita, altrimenti non sarei qui."

"Fammi finire. La tua agente mi ha detto di tua madre, volevo farti le condoglianze."

"Non ho mai capito come si risponde alle condoglianze. Forse si deve dire grazie. O basta un sì. Oppure condoglianze accettate, come per le scuse."

“Credo si annuisca contriti.”

“La tua c’è ancora?”

“No, è morta, ormai sono dodici anni, fumava due pacchetti di sigarette al giorno e ascoltava la radio seduta su una sedia in salotto. Hai presente *Up*?”

“Il cartone?”

“Era uguale al vecchietto di *Up*, mia madre. Le avevo regalato un cane perché uscisse, in effetti aveva funzionato, adorava quel cane. Lola si chiamava. Dopo la sua morte Lola l’ho presa io, ma stava male, tumore ai polmoni... fumo passivo, povera bestia.”

“Farebbe ridere se non facesse piangere.”

“Già. Come molte cose che riguardano la morte.”

“Anche io ho ereditato il gatto di mia madre, ma sta benissimo. Vittoria desiderava tanto un gatto... Mi ha confessato che era così felice e che si sentiva in colpa per la nonna.”

“E tu cosa le hai detto?”

“Che anche a me era successo di essere molto felice nel mezzo di una sofferenza grande, che era normale.”

Antonia pensa all’incidente di Andrea e all’amore di Cesare, che erano arrivati improvvisi e insieme, ma non lo racconta. Non ha voglia di parlare, le piace stare lì in macchina, con il tepore del sedile, accanto a un uomo di cui sa poche cose molto intime. A Riccardo non viene in mente nulla di intelligente da dire sulla storia della felicità nel dolore. Ritornano in silenzio, la strada scende verso la città, in un quartiere periferico, le luci di Natale si accendono e si spengono. Riccardo ferma la macchina nella via dove un tempo c’era una discoteca, la Suerte. Antonia ci andava da adolescente.

“Sei sicura di voler venire in palestra?” Glielo chiede perché non sembra intenzionata a scendere. Lei fa sì ed esce dall’auto con quel disagio che la coglie sempre quando è obbligata ad abbandonare lo stato di torpore buono. Riccardo le si fa vicino, per strada, aperto, a petto in fuori, mentre Antonia è chiusa nel suo stesso abbraccio per difendersi dal freddo. La palestra sa di plastica, umido, sudore e qualcosa di incomprensibile, metallico. Le piace.

"Perry, dove minchia eri finito?"

Il proprietario della palestra ha la nuca liscia con profonde pieghe da sharpei, il setto nasale gli percorre la faccia in un piccolo fulmine, una zeta di Zorro quasi perfetta. Chissà come fa a respirare, pensa Antonia.

"Non mi far fare brutte figure, Nicola."

Antonia sorride e porge la mano, l'uomo la chiude nella sua, con una delicatezza inattesa.

"È venuta ad allenarsi, signorina?"

"Non ho l'abbigliamento giusto, mi dispiace."

Riccardo fa un cenno di saluto a un paio di uomini che saltellano con la corda. Tutti lo chiamano Perry, sottovoce Antonia chiede perché. C'entra Perry Mason, l'avvocato della serie in bianco e nero, le spiega e si congeda per sparire verso gli spogliatoi. Antonia si siede su una panca, ha con sé uno zaino nero da cui tira fuori un taccuino e una matita, e si mette a disegnare. Non lo fa da tanto. Ottavia le ha preso tutte le energie, Antonia l'ha definita in ogni suo particolare, l'ha fatta correre saltare piangere mangiare cucinare persino vomitare, l'ha fatta sorridere in decine di modi diversi con il sopracciglio alzato, con la mano davanti alla bocca, a occhi chiusi, l'ha fatta andare in bicicletta in moto in deltaplano in un'auto d'epoca, l'ha fatta arrossire e l'ha fatta infuriare.

Si appunta qualche particolare della palestra, l'angolo finestrato, un brutto poster di un leone antropomorfo con i guantoni. Poi si concentra su Nicola che parla al cellulare, girando su sé stesso e passandosi la mano sulla pelata. Il collo possente, reggerebbe due teste. Riccardo rispunta dagli spogliatoi, è in tuta, maglietta bianca, Antonia nota un brutto tatuaggio sul braccio destro, un tribale sbiadito. Ha una linea asciutta e muscolosa, con vene larghe sugli avambracci, Antonia si dice che non deve avere problemi con i prelievi del sangue e poi sorride della stranezza dei suoi pensieri. Lui le fa un cenno e inizia a riscaldarsi.

Nicola chiude la chiamata e raggiunge Antonia. "Cosa sta disegnando, signorina?" La magia del disegno fa il suo effetto. Così da vicino è ben visibile l'orecchio a cavolfiore dell'uomo che assomiglia a un piccolo feto intorno alle sei settimane.

"Non so ancora, devo decidere."

"Non si vedono tante artiste qui."

"Magari vengono ma sono in incognito."

Nicola sorride più del dovuto, Antonia non sa dargli un'età.

"Perché non disegna me? Guardi come sono bello!" e si mette in posa. Ha una voce roca, da fumatore, e odora di dopobarba con cui deve essersi fatto la doccia alla pelata. Arriva un ragazzo e gli porge dieci euro: "Sei proprio un testa di culo," gli dice Nicola con disprezzo.

"Sa cosa sono questi?" chiede ad Antonia sventolando la banconota. Non le lascia il tempo di rispondere. "Questo è il prezzo del diritto al mugugno. È una cosa che ho imparato quando ero in mare. Ho lavorato sulle navi, da ragazzo. Una volta i marinai potevano scegliere se rispondere ai comandi e tacere, oppure rispondere ai comandi e mugugnare. Se sceglievano di mugugnare venivano pagati meno, ma avevano libertà di lamento."

"E se uno si lamentava per sbaglio, senza aver dato l'obolo?"

"Cinghiate. Qua preferiscono darmi dieci euro e potermi insultare mentre fanno i piegamenti, invece di tacere. Tranne quello lì, il suo amico, Perry è l'unico che non fa un fiato."

Ad Antonia suona come una lettera di referenze. Mentre tratteggia i lineamenti sul foglio è lei a rivolgere qualche domanda all'uomo, che non ha nessuna intenzione di allenare le poche persone nella palestra.

"Ma come funziona qui? Vi piace picchiare?"

"Ci crede che io da quando ho iniziato con il pugilato non ho mai alzato le mani su nessuno fuori dal ring? C'è differenza tra un pugile e un picchiatore, sa? Un pugile non lo trovi nelle risse, le risse te le vai a cercare. Il pugile è come un buon marinaio e il buon marinaio quando c'è tempesta sa dove sta?"

Antonia non capisce se si tratta di una domanda retorica perché Nicola aspetta troppo tra il punto interrogativo e l'affermazione successiva.

"Non lo so... in mezzo alle onde?"

"No, signorina, il buon marinaio, quando c'è tempesta è in porto a bere!" e si dà un gran colpo a palmo aperto sulla gamba destra, come se la sua stessa battuta l'avesse preso alla sprovvista.

Alla fine il disegno concluso è lusinghiero, l'ha rappresentato davanti a un timone che lui tiene saldo con i guantoni.

"Sono proprio io," dice Nicola tutto soddisfatto. "Proprio io."

Antonia ha esercitato tante volte quel potere, il potere di far sentire belle le persone, è la forza del disegno, prima ti incuriosisce e poi ti premia. Funziona anche con i bambini, con la differenza che i bambini non chiedono mai di essere usati come soggetto. Mi fai un cavallo? Mi fai un koala o una moto? Questo chiedono i bambini. Gli adulti invece domandano sempre e solo una cosa: fammi vedere come sono.

Mentre Nicola appende al muro il disegno di Antonia, Riccardo ha finito l'allenamento e si fa la doccia, i suoi capelli da bagnati sono lucidi, compatti come il manto delle foche, Antonia vorrebbe accarezzarli, ma si trattiene.

"Spero tu non ti sia annoiata."

"Tutt'altro."

"Hai fatto un bel regalo di Natale al nostro Nicola, vedo."

"Persona interessante, quasi quanto la mia agente."

"Da farli conoscere..."

Antonia si rimette il cappotto, le mani si perdono nelle maniche troppo lunghe, ne escono solo le dita macchiate di matita che si pulisce con la sciarpa prima di girarsela due volte intorno al collo.

Sotto la doccia, dopo l'allenamento, Riccardo ha pensato che Antonia gli piace più per quello che non dice che per quello che dice. Si è lavato strofinandosi il corpo con vigore. Sarebbe successo quella sera tra loro? Il sesso, fin quando non accade, gli sembra sempre impossibile, surreale. Ti puoi preparare mentalmente, immaginare una sequenza di gesti credibili, ma ci vuole una forzatura della realtà perché due persone finiscano letteralmente una dentro l'altra. Per quanto tu possa essere preparato, non sei mai preparato a quello che accadrà davvero. In Calabria, al paese, c'era un tizio al bar dove il padre passava i pomeriggi, si diceva avesse ammazzato diverse persone. Riccardo ci parlava, era incuriosito. Un giorno prese coraggio e gli chiese come fosse stato uccidere la prima volta, il tizio non si spazientì, non rimase turbato o spiazzato, rispose con calma, cercando la giusta immagine, disse che era stato come perdere la verginità, un po' difficoltoso ma poi tutto era andato come doveva andare.

Quando sono per strada, vicini, uno davanti all'altra, Riccardo chiude un bottone del cappotto ad Antonia, le aggiusta il bavero ed è il primo gesto con cui inizia a spogliarla. Il primo gesto che dà il via alla serie di altri gesti che porteranno le cose ad andare come devono andare.

Si infilano in macchina, lui ha una gomma in bocca che non sa dove sputare, la ingoia e tossisce, ridono di imbarazzo. Un primo bacio. È tanto che non. Anche io. Frammenti di parole. Vanno a cena e mangiano dallo stesso piatto, carne cruda, lui vuole del peperoncino, lei guarda come lui spezza il pane con le mani, le piace quello che vede. Fuori si baciano di nuovo, le labbra pizzicano appena. I baci non vengono mai uguali, pensa Antonia, poi chiede di andare a casa e aggiunge che non vorrebbe che la casa fosse la sua. L'appartamento di Riccardo non è grande, una finestra spaziosa dà su un terrazzo curato. Fanno l'amore sul divano, più di tutto la sorprende la schiena di lui, liscia sotto le sue mani. Più di tutto a lui piace il piccolo "oh" di stupore che Antonia si fa sfuggire quando è dentro di lei. Dopo stanno abbracciati, scomodi, con la paura di fare un movimento brusco e rischiare di allontanarsi per sempre.

Riccardo le sistema i capelli che gli solleticano il naso, è lei a rompere il silenzio.

"Come lo dici tu?"

"Come dico cosa?"

"Come lo chiami, quello che abbiamo appena fatto."

"Sai che non capisco la domanda?"

Antonia gesticola. "Dici scopare? Fare l'amore? Fare sesso? Andare a letto?"

Riccardo è allegro. "Non so come lo dico di solito, ma a te direi che ti ho presa," e la stringe un poco.

"Quindi secondo te stavo scappando?"

"O forse stavi cadendo..."

Antonia esita, nel silenzio si sente il ticchettio di una sveglia analogica, poi dice piano: "Comunque *ti ho presa* mi piace, mi sa di gioco di bambini."

Annuiscono al buio.

"Un tipo con cui sono uscita da ragazza diceva 'ti spacco la porta', che così sembra una minaccia, invece era una citazione di una canzone di Johnny Dorelli. Quella che fa *Arriva la bomba, che scoppia e rimbomba, ah ah si tratta di me, dai reggiti forte che spacco le porte, ah ah arrivo da te.*"

La canticchiano un secondo insieme.

"Ti spacco la porta... fa ridere," conviene Riccardo.

"Sì, si chiamava Simone."

"Comunque sei ancora una ragazza."

"In che senso?"

“Prima hai detto che con questo Simone sei uscita da ragazza, ma a me sembri ancora una ragazza.”

“Sei gentile, ma mi sento vecchia.”

Antonia si sistema a pancia in su, a guardare un soffitto che tanto non vede. Riccardo è dispiaciuto che si siano allontanati, i loro corpi avevano creato il calore perfetto, quello che poi se si spezza, fa molto freddo.

“Non è male la vecchiaia, secondo me. Se ti innamori da vecchio puoi dire per sempre e crederci davvero, perché quanto potrà durare quel per sempre? Vent’anni? Non è poi così compromettente, dai.”

“Un per sempre senza impegno,” rincara Antonia.

“Esatto, finché morte non vi separi... cosa che potrebbe accadere dopodomani.”

Ridono.

“Tu sei uno che ci crede, si vede.”

“In Dio ci credo, sì.”

“È così strano sentirlo dire.”

“È perché lo hanno reso ridicolo, non c’è arma più potente che ridicolizzare qualcosa o qualcuno se lo vuoi annientare.”

“Ma perché vorrebbero annientare Dio?”

“Perché dice di essere buoni ed essere buoni non va di moda.”

“E cosa va di moda?”

“Essere offesi, essere arrabbiati.”

“Be’, questo credo che aiuti il tuo lavoro. Essere offesi, dichiarare guerra, difendersi.”

“Sì, infatti il mio lavoro non mi piace. Il tuo ti piace?”

“Tecnicamente credo di non avere più un lavoro.”

“Dovremmo parlarne, forse è tempo di muoversi, sai?”

“Da questo divano? Non ne ho nessuna intenzione, avvocato.”

Riccardo tace un secondo, Antonia fa un passo indietro nel discorso.

“A me piacerebbe avere fede, ma non credo si possa decidere.”

“Io non ho fede, io so, ho sentito.”

“Quando?”

“Spesso.”

“Dimmi una volta.”

“Qualche anno fa mio figlio mi camminava a fianco, determinato, aveva quindici mesi, giù di lì, il nostro silenzio non aveva peso, forse per questo avrei giurato che stessimo parlando, ma lui non parlava ancora. Intorno un tempio di foglie e acqua del fiume. Passo dopo passo, non c’era altro che la sua mano nella mia, ero la sua mano nella mia. Ma ero anche la foglia e l’albero. E non c’era niente di importante se non le cellule, le nostre, che ci dicevano siete qui e ci sarete sempre, ci siete sempre stati.”

Ad Antonia si riempiono gli occhi di lacrime.

“Non so se capisci, Antonia.”

Lei annuisce e fa un piccolo sorriso che lui non vede.

11.

Dell'incidente di Andrea rimase il silenzio, dopo. In casa per mesi siamo stati zitti. Zitta la televisione, la radio, anche il telefono stava zitto. Quando mamma parlava la sentivo attraverso il muro, rimanevo col fiato sospeso perché era l'avvocato o l'assicurazione, ma non si poteva chiederle subito cosa le avessero detto o si innervosiva, bisognava aspettare che fosse lei a iniziare il discorso a cena o in un altro momento. La curiosità era peccato, non in senso religioso, era un affronto alla dignità. Dove sei stata? Con chi parlavi? non erano domande che le si potevano rivolgere senza ricevere in cambio uno sguardo di biasimo. Era lei, due giorni dopo, a dire: "Ci sono cattive notizie." Lo stesso valeva se le notizie erano positive, non aveva nessuna fretta di comunicarle e lo sa solo Dio quanto avessi bisogno di buone notizie. Però le potevi chiedere del funzionamento di una pentola a pressione oppure un aiuto con le parole crociate o il sudoku. Io me ne fregavo delle pentole a pressione, non mi è mai interessata la meccanica, e odio le parole crociate, per me il rebus è sempre stata lei. Una sera, mentre si faceva un caffè d'orzo che lei chiamava misteriosamente "l'intruglio", mi disse che era passato Cesare, io non c'ero, non c'ero quasi mai, in quel periodo lavoravo in un bar vicino all'università e per il resto del tempo mi infilavo in aula studio per finire di scrivere la tesi. Non incalzai, aspettai che fosse lei a raccontarmi, mendicando nella mia mente qualche particolare. “Chiamalo, se hai voglia.” Fu tutto quello che ottenni, non abbastanza, non era chiaro se l’invito a chiamarlo fosse un’iniziativa di mia madre o una richiesta di Cesare.

Nel dubbio aspettai, ero diventata bravissima ad aspettare, fu lui a venire al bar, lui a sedersi lì davanti a me, con un’espressione interrogativa sul volto. Avevo le mani rovinate perché la proprietaria del locale, un’anziana che diceva hamburger vomitandone la u, per lavare i piatti mi faceva usare un detersivo allungato con la candeggina. “Toni, le tue belle mani...” mi disse Cesare prendendone una tra le sue attraverso il bancone. “Non è niente,” lo rassicurai, ma mi venne da piangere perché mi feci tenerezza, con la pelle arrossata e nessuno che a casa se ne fosse accorto. Provare tenerezza per sé stessi è una tentazione a cui non ci si deve abbandonare, come permettersi di essere tristi a lungo, come le vacanze che si protraggono troppo o i pisolini dopo pranzo, non riesci a dire basta. La tenerezza per sé richiede cautela o si prende tutto, un senso di struggente protagonismo. Quando ero piccola mi suonavo le costole da sola, abbracciandomi, per addormentarmi. Tamburellavo sulle ossa come fossero dei tasti e se ci penso devo ricacciare la commozione giù per la gola. So che non devo flirtare troppo con il pensiero di quella bambina, altrimenti mi perdono ogni cosa.

Il giorno dopo Cesare mi portò una crema e mi aspettò mentre mi cambiavo la divisa alla fine del turno. Fumammo seduti su una panchina, intanto mi spalmavo sulle mani il suo unguento color besciamella. Lavorava in una cooperativa sociale, insegnava chitarra e percussioni ai ragazzini delle medie, gli piaceva anche se era pagato poco. Aveva una stanza in un appartamento che condivideva con un aspirante attore di Caserta. Non frequentava più l’università. Le ragazze erano tutte e nessuna, gli amici tutti e nessuno, Andrea non lo nominava mai. Gli raccontai che avevo ricevuto un'offerta di lavoro da una casa di produzione cinematografica, la Halmont. Il mio compito sarebbe stato realizzare schede di valutazione per le sceneggiature, americane perlopiù. Le migliori sarebbero passate al vaglio del mio capo per la distribuzione in Italia. Suonava più bello di com'era, in pratica avrei letto dialoghi improbabili, quelli dove a un certo punto un poliziotto mangia un hot dog in macchina durante un appostamento e il suo collega parte in quarta facendogli macchiare di maionese e caffè rovente la camicia.

Cesare era entusiasta della notizia. "Abbiamo sempre saputo che avresti fatto strada," disse e quell'*abbiamo* non so chi comprendesse, lui e Andrea, lui e la mamma? Di questo parlavano mentre la mamma gli tagliava i capelli in giardino? Del mio futuro radioso? Non avevo mai pensato di essere un argomento di conversazione per qualcuno che non fossero i miei genitori, né avevo mai fantasticato su un futuro radioso. Il mio futuro era nebuloso, niente di più.

La pausa sigaretta dopo il bar divenne un appuntamento fisso, non gli avevo dato il mio numero di telefono così arrivava alle cinque senza annunciarsi, io mi toglievo la divisa e insieme andavamo alle panchine. Parlavamo di me ed era una novità, era interessato alla tesi, una comparazione tra la cinematografia zombi e quella vampiresca. L'unica volta in cui, da piccola, mi era trovata nei guai aveva a che vedere con gli zombi. Nell'ora di religione avevo spaventato i miei compagni dicendo che il giudizio universale in realtà era l'apocalisse dei non morti. Sarebbero usciti dalle tombe e avrebbero portato i vivi all'inferno. La mamma si arrabbiò, Andrea mi difese, ammise che qualcosa non tornava nella questione giudizio universale. Dove li mettono i morti carbonizzati? chiedeva dall'alto dei suoi dodici anni. E i decapitati? E gli esplosi? Risorgono a pezzi? Stabilimmo che Dio tutto poteva e che quindi avrebbe risuscitato i corpi all'apice della loro bellezza e giovinezza, non al momento della morte, quindi niente corpi a brandelli.

Amavo e amo gli zombi perché non si vergognano di niente, i vampiri sono gli aristocratici dei mostri, gli zombi vengono dalla periferia, sono proletari. Su questo verteva la mia tesi. Sul fatto che gli zombi fossero un'allegoria, una denuncia sociale contro il consumismo e il capitalismo.

Col tempo ho capito che sono un'allegoria, sì, ma dei rapporti sentimentali passati. I rapporti che non riusciamo a chiudere, che non hanno futuro e, nonostante questo, ci perseguitano e ci succhiano il cervello. L'unico modo per far morire gli zombi è ignorarli, come quelli sul ciglio della strada di *The Walking Dead*, più morti dei morti, che ogni tanto una macchina schiaccia e poi sgomma via.

Sto divagando. Cesare non mancava un giorno, finché capii perché veniva da me, voleva che lo accompagnassi a trovare Andrea, da solo non se la sentiva. Si erano allontanati, ormai da qualche tempo, il motivo era un giro di amicizie di Cesare che ad Andrea non andava, troppa cocaina. Per Andrea la cocaina era da deboli, da sfigati, da gente che odia sé stessa e che per stare bene deve truccare le sinapsi. Pensava lo stesso dell'alcol. Invece lui era un sostenitore della marijuana, delle "sigarette degli inventori", dei calumet della pace degli indiani d'America.

Avevano litigato senza litigare davvero, si erano lasciati senza dirselo, senza chiarirsi, e ora Cesare si sentiva in colpa. Mentre mi chiedeva di accompagnarlo, i suoi occhi si riempirono di lacrime. Accettai, mi convinse soprattutto il suo aspetto, era naturale, i capelli corti, niente piercing, niente tinte, niente smalti, solo il maglione e i jeans.

Erano i primi giorni di novembre, sulla strada del ritorno, dopo l'incontro con Andrea, ci baciammo. Un bacio che durò mesi e poi anni.

Camminavamo per la città e ci sorreggevamo a vicenda, come fossimo due convalescenti. Io almeno mi sentivo così, forse l'assenza di Cesare dopo la sera delle giostre, era stata una lunga malattia da cui sarei lentamente guarita, una malattia che mi aveva allontanata dal pensiero dell'amore. La sorpresa più grande fu vedere che mi corrispondeva, che non c'erano più distanze, né muri contro cui poggiare le nuche, né differenze d'età, eravamo tristi allo stesso modo, spaventati allo stesso modo e in quella tristezza, nel mezzo dell'inverno o proprio in ragione di quell'inverno si faceva strada in noi un'invincibile estate. Non lo dico io, è Camus, quello che però Camus non dice è che le stagioni passano e, nel mezzo dell'estate, ci fu per me un lunghissimo, interminabile e invincibile inverno. Ma questo fu dopo.

Nel prima stavamo semplicemente allacciati, era il nostro tempo, il tempo di Toni e Cesare. Dovrebbero istituire il congedo da innamoramento tra gli altri congedi lavorativi, perché lo stato fisico e psicologico in cui ti ritrovi nel momento di massimo desiderio ti impedisce di fare qualunque cosa. Il nostro lavoro era amarci, senza pause, stavamo nella sua stanza per ore, il sesso non finiva mai, era solo un mezzo, insieme alle parole e agli sguardi, per essere ovunque nell'altro, ovunque per l'altro. Leggevo Carver, c'è sempre un momento Carver nella vita di una ragazza, quello era il mio. Una sua poesia diceva:

Fai conto che io dica estate,
scriva la parola "colibrì",
la metta in una busta,
la porti giù per la discesa
fino alla buca. Quando tu aprirai
la lettera, ti riverranno in mente
quei giorni e quanto,
ma proprio tanto, ti amo.

Così, invece di *ti amo* ci sussurravamo *colibrì*. Disegnavo solo colibrì, a penna, a matita, ne dipinsi un intero muro sopra il letto. In seguito presi a fare il gioco delle scommesse silenziose. Se Cesare entra nel letto e mi abbraccia prima di addormentarsi mi ama, se mi tocca la coscia mentre guida, se mi prepara il caffè la mattina, se compra quella marca di cereali quando va a fare la spesa. Se mi accarezza la schiena quando siamo per strada e incontriamo un suo amico, se mi guarda senza essere guardato. Se mi bacia per primo dopo aver fatto l'amore. Se, se, allora va tutto bene. E per un po' andò bene.

Non poteva che essere lui. Non poteva che tenere così le mani nel giaccone, con i pugni serrati nelle tasche, come un pugile a riposo. Non poteva che avere quel sorriso, quella erre scivolosa quando era stanco, quel modo di tagliare la cipolla o di leggere composto.

Mamma non sembrò sorpresa quando annunciammo la decisione di andare a vivere insieme: "Andrea lo ha sempre detto che sarebbe finita così." È un pensiero difficile da esprimere, ma mi sembrava ci fosse una simmetria tra quello che avevo perduto, che la mia famiglia aveva perduto e quello che avevo guadagnato io. Credo che in cuor suo mamma me ne facesse una colpa, ma non sono mai riuscita a dirglielo, mi avrebbe liquidato con un macché.

Tredici anni è stato il tempo insieme. È un tempo sufficiente per vedersi e per vedere. Il bello e il brutto, intendo. Avevo visto Cesare modificare la realtà a suo piacimento, rielaborava fatti di cui ero stata testimone fino a rendermeli irriconoscibili. Non c'entrava la mitomania, ma una cieca fiducia nelle sensazioni che provava, se una persona gli era indigesta inventava un aneddoto per dimostrarne la pochezza umana o intellettuale. Imparai a individuare i dialoghi riscritti di sana pianta, a capire quando truccava i fatti perché diventava preciso al dettaglio, lui che non ricordava nulla. Cesare era un bugiardo patologico? No, non mi mentiva sulle cose importanti, sui suoi sentimenti per esempio era sempre sincero. Così glielo lasciavo fare, senza mai smascherarlo, senza mai smentirlo di fronte agli amici, ricordo un intero dialogo con cui si licenziò dal suo lavoro, quando decidemmo di aprire il locale. Uno di quei botta e risposta che non ti verrebbero nemmeno davanti allo specchio dopo la doccia, Cesare ne usciva lucido ed eroico nella difesa dei suoi diritti, in una denuncia contro le cooperative che sfruttavano i propri collaboratori, lupi travestiti da agnelli.

L'amore non è cieco, l'amore vede le pochezze, le assurdità, le idiosincrasie dell'altro e ci fa i conti. Lui faceva lo stesso con me, mi ha visto, mi ha stanato. Ha stanato la mia incapacità di coltivare i rapporti. Io perdo le persone, anche quelle a cui voglio bene, le dimentico, sono un'amica passiva. A scuola, all'università, dove c'era un certo obbligo di frequentazione la mia vita sociale andava alla grande. Mi era sufficiente trovarmi in un certo posto ogni giorno e dire sì a cene cinema feste. Dopo non fu così semplice. A Cesare hanno chiesto sette volte di fare il testimone di nozze, credo che sia entrato in qualche guinness dei primati delle testimonianze amorose. È padrino di quattro bambini e uno di quei bambini porta il suo nome. Io mai testimone e mai madrina, e comunque mi sarei opposta a dare il mio nome a una neonata, ho sempre litigato con Antonia, troppo da nonna. In compenso ho contribuito a far salire Ottavia tra i primi venti nomi più usati in Italia, ma è un effetto indiretto, non mi riguarda in prima persona. Il conteggio di cariche amicali che riguardano Cesare potrebbe essere ancora aumentato negli ultimi tempi, da quando cioè non tengo più conti che lo riguardano, ma non credo, le persone della nostra età hanno smesso di sposarsi e di fare figli da un po'. A parte lui, naturalmente.

Un'altra cosa che ho visto di Cesare è che non ammetteva di dormire, come fosse una debolezza, sosteneva di avere problemi di insonnia. Il lavoro per la cooperativa si era trasformato in assistenza a turni in un centro di recupero di ex tossici. Faceva le notti, perché lo pagavano di più. Il suo metabolismo si era adattato a stare sveglio quando gli altri riposavano. Ma questo non voleva dire soffrire di insonnia, voleva dire dormire di giorno. Per anni la mia vita è stata aspettare che Cesare si alzasse dal divano, che compensasse la veglia con un riposo soddisfacente, un riposo che non era mai abbastanza. Cesare si lamentava della stanchezza, sempre. La soluzione fu crearci un lavoro che ci permettesse di stare svegli insieme, fu allora che lasciai la Halmont e aprimmo il Circolino, ci investimmo tutti i nostri risparmi, era un sogno che si realizzava, suo e di Andrea.

Mi piaceva tutto di quel posto, soprattutto mi piaceva che ci avessi messo più soldi io, che il mio amore per Cesare fosse quantificabile. Poi mi piaceva che si trovasse vicino al fiume, dove un tempo c'era lo zoo, che avesse l'aspetto di una bocciofila ma che proponesse musica dal vivo, mi piaceva che fosse sempre aperto e che nessuno si sentisse escluso. Mi era capitato di andare nei centri sociali e li avevo trovati respingenti e settari. Gli organizzatori, gli habitué, guardavano i neofiti come ornitorinchi, tutto sulle loro facce diceva che cazzo ci fate qui?

Il Circolino era un luogo amichevole, invece, perché Cesare era ed è una persona amichevole. Il pomeriggio venivano le signore a giocare a canasta e gli studenti a far finta di preparare esami e fumare sui tavoloni di legno, l'aperitivo era delle mamme che lasciavano scorrazzare i figli nel prato, la notte era di tutti gli altri, giovani e meno giovani, le serate cinema le organizzavo io, quelle musicali lui. Secondo Cesare fu il nostro periodo più bello. Quando una coppia si lascia spesso etichetta gli scatoloni dei ricordi in modo da creare anche delle pile unanimi. È consolatorio, significa che si era in due e in due si è vissuto dalla stessa parte. In questa pila le vergogne da dimenticare, in questa pila l'eccitazione degli inizi, da qui in avanti c'è il grande vaffanculo. La pila del periodo più bello per Cesare stava lì, racchiusa tra quelle mura fumose e umide.

Per me era diverso, dopo un primo bagno di euforia, sentivo come se mi stessi dimenticando qualcosa, immagino che un malato di Alzheimer che ha perso un figlio sia infelice in cuor suo, senza sapere perché. E così io. Mi stavo dimenticando qualcosa, qualcosa di brutto. Oppure era una premonizione, un avvertimento. Continuai a vedere Cesare e lui a vedere me, anche se non ci guardavamo più. Ci stava succedendo quello che accade anche alle coppie più fortunate: avevamo smesso di innamorarci. Ci amavamo ancora, certo, ma l'innamoramento era andato.

I genitori di Cesare avevano un piccolo bilocale a Nizza, ci passavamo i finesettimana estivi, amavo la zona del porto. Mi sorprendeva, di quella città di mare, che ci fossero tante persone vestite di tutto punto ad agosto. Io passeggiavo sulla Promenade in copricostume e a piedi nudi, mentre molte donne si aggiravano in jeans, camicetta, a volte giacca e tacchi alti, sembravano indaffaratissime. È che io ero in vacanza, loro lavoravano. Magari c'era stato un tempo in cui anche per quelle ragazze ogni momento era buono per buttarsi in acqua, per giocare con i cavalloni, per stendersi sulle pietre a prendere il sole e poi quel tempo era passato e con quel tempo la sensazione di eterna vacanza. L'innamoramento quando finisce è questo: la persona che è stata la tua vacanza è lì, eppure non ti immergi, non ti scaldi al calore del suo sole, non ti rinfreschi alla sua brezza. Il corpo che hai abitato con tanto slancio, in cui ti sei tuffato con l'entusiasmo di giugno, ti è prossimo ma non sai più come goderne, ti annoia quasi e, in sua presenza, hai solo voglia di stare vestito. Ci si stanca del mare, figurarsi delle persone. Lui si stancò prima del mio corpo. Non ne ho mai avuto la certezza ma credo mi tradisse, avevo spesso la sensazione di entrare in una stanza dove ero l'unica a non sapere qualcosa. Però era anche vero che in qualunque stanza entrassi ero quella che sapeva più cose su di lui.

Una mattina, tornando a casa dopo la chiusura, trovammo un cadavere nell'androne, un poveraccio morto di overdose che aveva trovato un posto caldo per farsi. Ci fu trambusto, lo vegliammo mentre aspettavamo l'ambulanza e lasciammo i nostri nomi ai carabinieri. Era giovane ma vecchissimo, era morto. Il corpo trasformato in pochi secondi da casa in cassa.

Decidemmo di andare al funerale del ragazzo e incontrammo la madre, Giusi, aveva le labbra grinzose di chi ha fatto troppi tiri di sigaretta e mai un sospiro di sollievo. Fu gentile, si giustificava con tutti per quella brutta fine, "Me lo hanno rovinato," ripeteva e piangeva. Le madri parlano del loro neonato nei termini di "non mi mangia", "non mi dorme" fino a "me lo hanno rovinato". Ogni azione che parte da un figlio tocca in qualche modo il genitore, lo attraversa, anche a distanza, i figli sono nervi scoperti. Non volli indagare su chi glielo avesse rovinato. Le cattive compagnie? Gli spacciatori? I professori che non lo avevano capito in prima superiore? Le donne? Cesare le disse che erano stati grandi amici da ragazzini e le raccontò episodi che in realtà aveva vissuto con Andrea. La piscina in collina dove andavano a fare il bagno di notte, intrufolandosi dal retro. La vacanza a Caserta, quando rimasero chiusi nella Reggia di notte. Lei lo guardava e gli accarezzava una guancia: "Che bravo ragazzo, bravo." Alla fine lui si congedò: "La vita è una malattia incurabile e suo figlio ha cercato di curarsi come poteva," disse.

In macchina rimasi in silenzio a lungo, ero incredula e arrabbiata. Quella frase a effetto da presuntuoso ignorante, poi, mi aveva sconvolto. Non era un gioco. Sarebbe stato più giusto chiedere a Giusi un aneddoto legato al figlio, a un tempo felice prima che glielo rovinassero. Lei ci avrebbe raccontato di un gol segnato alla partita del campionato di quartiere o come da piccolo dicesse *gondole* invece di *vongole*, *crudere* invece di *prudere*. Quella era la realtà, mentre Cesare aveva preferito inventare. Per la prima volta mi vergognavo di lui. Se devo trovare un momento in cui le cose cambiarono per me, il momento fu quello.

Da quel giorno i litigi non servivano più a far pace, a dirsi cose all'orecchio abbracciandosi da dietro, si fecero dolorosi, ma ancora di più erano dolorose le attese del litigio, i silenzi quando rientrava all'alba. Nessuno lo stabilì apertamente ma ci davamo i turni per non vederci, io il pomeriggio e lui la sera e la notte.

Quella pila di ricordi porta un'etichetta sbiadita, c'è scritto FRAGILE, ma non si sa bene cosa ci sia dentro. Io che giro per la casa e parlo ad alta voce e mi dico che sono diversa da mia madre, che non avrei ceduto alla rabbia e avrei trovato il modo di aggiustare tutto.

Aggiustò lui le cose a modo suo, senza giri di parole disse che dovevamo fare una bambina. Fu molto chiaro, sarebbe stata una femmina. Avevo un altro obiettivo: pensavo a quella bambina, a come farla venire al mondo, nonostante lei proprio non ne avesse intenzione. La pila di scatoloni CONCEPIMENTO è altissima ma fatta di mesi tutti uguali: giorni inutili, meno inutili, ovulazione, giorni inutili, mestruazioni e via così a ripetizione. Nulla aveva importanza, se non la bambina, certo, lei era tutto. Ci ha messo tre anni per essere pronta al mondo, quando è arrivata però non ero pronta io. L'ho già detto, sono una mamma velleitaria. Mi avevano spiegato che parlarne aiutava a non sentirsi sole, con me non funzionava, non mi aiutava sentire storie simili alle mie, storie che sbirciavo sui social, non volevo una giustificazione o una comunità, volevo solo smettere di aspettare che dormisse per avere il silenzio e la concentrazione necessaria a volerle bene davvero. Se lei mi si muoveva accanto, piangeva, chiedeva, provava a prendere la mia mano mi distraeva, confondeva ogni cosa.

Di nuovo avevo la sensazione di entrare nelle stanze e di essere l'unica a non conoscere gli argomenti su cui i presenti si erano confrontati prima del mio arrivo. Sono certa che la mamma e Cesare si sentissero al telefono e parlassero del mio umore, delle mie difficoltà. In estate andai da lei qualche giorno, Cesare ne avrebbe approfittato per fare dei lavori al Circolino, con la bella stagione i bagni diventavano acquitrini.

A me stava bene, anche se, per quanto cercasse di rassicurarmi, sapevo che i lavori che voleva fare riguardavano il locale e anche una certa barista. La barista in questione l'avevo soprannominata la Giostraia e a Cesare non faceva ridere, si era risentito. "Carlotta è un'artista di strada bravissima," mi aveva spiegato. L'arte di Carlotta e del suo fidanzato olandese consisteva nell'attaccare una corda tra due semafori e camminarci sopra come funamboli. Un numero buono sulla carta, pessimo per strada: un rosso dura in media otto secondi, per montare la corda ce ne volevano quattro. Il risultato era una piccola passeggiata sospesa di altri tre secondi che non lasciava il tempo per raccogliere il denaro dalle auto in partenza. Finì che un semaforo venne divelto dal peso dei funamboli e si sfracellò sulla strada. Beccò in pieno il cofano di una Subaru su cui viaggiavano un pakistano vestito a festa perché andava a sposarsi e il suo testimone di nozze. Ne nacque una lite furibonda, un pestaggio Pakistan-Olanda che si risolse in un matrimonio saltato come gli incisivi del fidanzato di Carlotta. L'olandese tornò in patria a rifarsi i denti e la Giostraia approdò al Circolino.

Nel frattempo io, di tanto in tanto, esplodevo, accusavo Cesare di tutto, di essere un debole, di essere un traditore, di non capirmi, di non avermi mai amata. Era come se mancasse la memoria del bene, come se non fossi più in grado di fare legna. È importante per le coppie mettere via la legna per l'inverno, la fiducia, i sottintesi, le promesse, tutte cose utili nei momenti di carestia. Invece quando avvampavo davo fuoco a tutto, alla fiducia, ai sottintesi e alle promesse, e alle pile di scatoloni passati.

Per limitare i danni, andai in esilio volontario dalla mamma.

Si occupò di noi come io mi sarei occupata di lei durante la malattia, con praticità e silenzio. Era invecchiata ma la vecchiaia le donava, teneva i capelli raccolti in una treccia che si perdeva in un ciuffo rado chiuso con l'elastico. Non c'era un grammo di vanità in quella donna ed era impossibile da fotografare, si ritraeva, parlava per evitare di mettersi in posa, nonostante questo è di quei giorni lo scatto che ho poi usato per il funerale. Con la scusa di avere qualche ricordo con Vittoria, aveva ceduto a un tiepido sorriso.

La casa, le piante, l'orto che ora non esiste più la impegnavano per gran parte della giornata. Si portava dietro la bambina che camminava appena ma si arrampicava ovunque, la sedeva su un plaid e Vittoria guardava e giocava con i fili d'erba, mentre la nonna potava, strappava, raccoglieva. Io le osservavo dalla finestra che era ed è il mio modo preferito di partecipare alla vita. La mamma sapeva canzoni per ogni occasione, le cantava canzoni per spaventarla, per confortarla, per farla ridere, canzoni ritmate o melodiose, era stata una brava maestra, le piacevano i vecchi e i bambini. I problemi li aveva con le età di mezzo. Io dormivo moltissimo, mamma era contraria, il letto è una trappola. Devi stare su.

Nella mia vecchia stanza trovai colori e fogli, ripresi a disegnare. In bagno c'era l'atlante, ogni volta che facevo pipì lo sfogliavo, Ottavia Meraviglia nacque allora, avrei scritto una favola per Vittoria, per dirle il mio amore, per raccontarle il mondo, per nutrirla come potevo. Era la prima volta dopo il parto che respiravo.

Una mattina stavo svuotando un armadio di vecchi vestiti e li passavo alla mamma che mi aspettava in fondo alle scale, avremmo dato tutto a una vicina. Entravo e uscivo dalla mia stanza, con Vittoria sul pavimento che gattonava, e in quel viavai chiusi per errore la porta della stanza. Fu un attimo, Vittoria era rimasta dentro e la porta si era bloccata, era difettosa. La portafinestra della camera era spalancata, fu il mio primo pensiero, Vittoria sarebbe potuta facilmente uscire in terrazzo e cadere di sotto. Trafficavo con la maniglia sperando che si sbloccasse e le parlavo, volevo che rimanesse vicina alla porta, al sicuro. Lei stava zitta, non rispondeva, e allora mi accucciai per terra, presi un foglio ci disegnai un gatto e lo feci passare sotto la porta, Vittoria lo prese. Miao miao, disse. Un pesce all'amo, dovevo tenerla lì il più possibile, intanto mia madre era andata a cercare aiuto. Continuai a disegnare e passare fogli dove scarabocchiavo animali e fiori per oltre mezz'ora. Vittoria non pianse mai. Dopo un tempo senza tempo, il tempo dell'ansia e della paura, la porta si aprì dall'interno. Un uomo si era arrampicato dalla finestra, teneva Vittoria tra le braccia e stava dicendo: "Si è cagata l'anima, mi sa." Era Andrea.

Ricordo giorni felici, mamma che sorrideva, noi che la prendevamo in giro per come ci aveva cresciuti. Le sue buffe convinzioni sul calore.

"Avete sete? Bevete tè bollente. Non sapete che i tuareg del deserto bevono tè bollente?"

"Ma noi abbiamo caldo!"

"Mettetevi la canottiera, allora."

"Ma perché dobbiamo metterci la canottiera se abbiamo caldo?"

"Non avete mai visto i tuareg del deserto? Sono tutti vestiti da capo a piedi!"

Andrea impazziva per la storia dei tuareg, perché un popolo di sfigatissimi nomadi sahariani avrebbe dovuto rappresentare un modello di vita per noi occidentali continentali? E io ridevo. Mentre mamma cucinava, Andrea, Vittoria e io trascorrevamo ore nel prato davanti a casa, con la bambina e vecchi giochi della nostra infanzia. Formine di legno da infilare in una base con i buchi.

"Sarebbe bello fosse così facile… tondi nei tondi, quadrati nei quadrati," dicevo. Verso sera ci sdraiavamo a guardare il cielo. Vedo tutto come fosse ora, sento la bambina che ci circumnaviga piano, noi un arcipelago a occhi chiusi, lei che passa da un braccio a una pancia, si china e mi bacia, bacia la terra dove cammina.

"È facile, Toni, figlia nella mamma, mamma nella figlia," aveva sentenziato Andrea.

"Allora perché sono così triste?"

"La tristezza è una bambina capricciosa, a volte bisogna solo abbracciarla, asciugarle le lacrime e darle la buonanotte. Quel poco di notte che resta ancora da dormire."

Il giorno dopo, al risveglio, Andrea non c'era più. Tornai a casa e iniziai a postare i miei disegni sui social, ebbero successo, erano condivisi, commentati, sei unica, dicevano, genio. Quando mi proposero il primo contratto per Ottavia Meraviglia, Cesare mi confessò i debiti del Circolino, roba grossa, di cui non avevo alcun sospetto.

Ancora una volta ottenevo tanto perdendo tanto: lo aiutai a pagare, lui chiuse il locale e io chiusi con lui. L'addio si insinua un po' alla volta e un giorno dilaga dappertutto.

Questo è più o meno quello che avrei dovuto raccontare a Riccardo. Perché quando mi ha riportato a casa Cesare era lì, con il suo cane, ad aspettarmi. Avrei dovuto dire queste cose e invece l'ho salutato rapida con un bacio sfuggente: "Vai adesso, qua me la vedo io."

12.

Il cane di Cesare si chiama Gen, da Gengis Can. Il nome gliel'ha dato Antonia, adottare un cucciolo al canile è stata l'ultima decisione presa insieme prima della separazione. È un animale allegro, con muscoli guizzanti e una grande lingua pendula che ogni tanto ributta dentro la bocca con uno scatto secco della mandibola.

Quando Antonia scende dalla macchina il cane le corre incontro e lei gli dà una carezza dopo avergli fatto annusare la mano in segno di amicizia, sono sempre io, gli sussurra. Pensa alla canzone con quell'inizio spietato, *il nostro cane non mi riconosce più*, che dice tutto sulla fine di un amore.

Anche Antonia e Cesare si osservano per capire se si riconoscono ancora, se tutti i lineamenti sono lì dove li hanno lasciati l'ultima volta, se ci sono nuove rughe. Antonia ne ha una verticale sulla fronte, le taglia l'arco sopraccigliare, quando stavano insieme aveva inventato una storia per quella ruga: "È spuntata una sera mentre esprimevo il desiderio di averti, nello sforzo a occhi chiusi dopo aver visto una stella cadere." È sempre lei, ha l'aria di aver dormito poco.

Antonia è molto brava nel gioco del trova le differenze, vede e sente tutto, gli odori in particolare. Si è accorta che Cesare aveva una nuova fidanzata dal sentore di tea tree oil che impregnava i vestiti del suo ex, si è poi scoperto che Eleonor usa il tea tree oil come le nonne italiane degli anni ottanta usavano il Prep e il Vicks Vaporub, per combattere qualunque cosa, dai dolori muscolari ai pidocchi. I pidocchi non sono comunque un problema di Cesare che ha perso i capelli e quelli rimasti li porta cortissimi, d'inverno indossa un giaccone verde K-Way come tutti i ragazzi di quarant'anni. Antonia pensa che assomiglia a tutti da quando non è più suo. Le viene il dubbio di esserselo inventato, di aver creato il suo Cesare, di averlo definito via via, arricchito di sfumature, di tratti unici, mentre da quando non sono una coppia è comparso l'attore. Un attore pronto a una nuova interpretazione.

"Se volete entrare, Gen deve stare legato, c'è Gerundio in casa," dice secca lei mentre cerca le chiavi.

La cucina è calda, i piatti sono stati lavati, la spesa fatta. Di Andrea non c'è traccia.

"Prendi un caffè?"

"Ho smesso con la caffeina, ora dormo molto meglio."

Cesare ha smesso anche con la carne: Antonia trova sia una mancanza di carattere aver ceduto alle richieste di Eleonor, agli occhi del mondo invece sembra un atto di buonsenso per un uomo ultraquarantenne con il colesterolo alto. Ci vuole carattere anche per smettere con qualcosa che ti piace per far felice qualcuno che ti piace di più. Eleonor gli fa bene ed è semplice renderla felice. Lui sa che la vita è più complicata di così, ma perché pensare alle complicazioni se può vivere in un mondo dove basta smettere di mangiare il filetto per far sorridere la tua donna, dove la tua donna parla fitto fitto con l'acqua, mentre con te chiacchiera leggera in una lingua che non è nemmeno la sua?

"Ti faccio l'intruglio di mamma, c'è ancora l'orzo che aveva comprato lei."

Cesare pensa a sua nonna Rita che preparava lasagne fantastiche e gliele regalava in vaschette da surgelare con la data scritta in corsivo sull'etichetta. Quando è morta gli era rimasto un contenitore di lasagne nel freezer che non è mai riuscito a scaldare, c'era qualcosa di sinistro nel nutrimento postumo. Deve essergli venuta una faccia strana perché Antonia cerca di giustificarsi.

"Non è scaduto..."

"Certo, andrà benissimo."

Cesare si guarda intorno e tocca ogni cosa, la soppesa. I ricordi sono come le impronte che restano nel cemento delle strade appena asfaltate. Lui ha cambiato strada e ora trova pericoloso guardare per terra. Così, dopo un lungo respiro, viene a dire quello che deve dire.

"Che intenzioni hai, Toni?"

Antonia mescola l'acqua all'orzo solubile e non risponde.

"Mi ha chiamato la tua agente, tre delle tue amiche, tuo padre, mi ha chiamato la tua donna delle pulizie, mi hanno cercato un sacco di giornalisti, hanno scritto anche a Eleonor e tutto quello che hai fatto tu è mandare due vocali di merda a Vittoria... E poi rientri di mattina con un coglione con l'Audi."

Antonia serve l'intruglio appoggiandolo sul tavolo, la tazza dice *La felicità è nelle piccole cose*.

"Il latte di mucca va bene o sei passato a quello di soia?"

"Niente latte, grazie."

Antonia si toglie finalmente il cappotto. Si siede e cerca di mantenersi calma.

"Mi dispiace che ti abbiano cercato e che sia stato un problema per la tua fidanzata. Non capisco però perché tu sia così arrabbiato, eravamo d'accordo che Vittoria stesse con te tutta la settimana, per i giorni di tournée."

"Ma, cristodio, tu non sei in tournée, tu sei sparita... Una madre non fa così." Lui alza la voce e Gen alza le orecchie.

"E come fa una madre?"

Cesare non aveva intenzione di dire quello che ha detto, nell'elenco delle cose che si era appuntato mentalmente, *una madre non fa così* era anzi tra le frasi in rosso, con l'alert NON USARE, ora non sa rispondere alla domanda. Le ha dato un'occasione per offendersi, le ha dato un'arma e, per quanto si senta nel giusto, far sentire l'altro sbagliato non ha senso, soprattutto se l'altro è Antonia, sono anni di litigi che glielo hanno insegnato. E infatti adesso è lei a incalzarlo.

"Ormai il punto non è più se io sia una buona o una cattiva madre, ma se io mi comporti come una madre. Facciamo così, facciamo che da oggi non sono una madre, sono un'altra cosa, sono un falegname o una tenda o una radice. Va bene? Vediamo se riesco a comportarmi come una tenda o come una radice."

Cesare scuote la testa.

"Speravo potessimo parlare, ma ti ostini a fare la vittima."

Tra le cose da non dire, l'accusa di fare la vittima arriva subito dopo *una madre non fa così*, ma quando sbaglia Cesare tende a non risparmiarsi.

"Ma cosa vuoi ancora da me? Hai una figlia nuova di zecca in arrivo, con una donna nuova di zecca che si comporterà da madre e tu da padre, così potrete continuare a sentirvi meglio di questa tenda o radice che sono io."

"Non dovevo venire." Cesare si alza e va verso la porta, la apre per andarsene. È un attimo: il cane si libera dal guinzaglio ed è fuori, Gerundio lo segue a ruota. Ad Antonia scappa un urlo acuto, isterico, un NO alto e vergognoso. Scatta in piedi e corre fuori, a chiamare il gatto, come se fosse possibile riportare in casa un gatto a parole. Nelle sceneggiature che leggeva per lavoro ogni tanto un poliziotto intimava di fermarsi a un criminale in fuga. Non succedeva mai che il criminale si fermasse, tornasse sui suoi passi e dicesse ok, mi hai convinto, arrestami pure. Così purtroppo non accade con Gerundio. A

Cesare invece basta fare un piccolo schiocco con la lingua e Gengis Can è al suo fianco, ipnotizzato.

Antonia dice Gero, dice gatto di merda, dice maledetto. E forse maledetto non è rivolto al gatto. Cesare corre verso gli alberi della discesa, ma torna sconsolato. Ad Antonia viene da piangere: "È il gatto di mamma," spiega come se Cesare non lo sapesse.

"Vedrai che tornerà appena avrà fame, mettiamo delle crocchette qui fuori, sentirà l'odore."

"No," dice Antonia e non aggiunge altro. Rientra in casa per rimettersi il cappotto, prende la scatola di crocchette con l'intenzione di usarla come maracas, magari il rumore convincerà Gero a tornare.

"Vittoria adora quel gatto, sta con me solo perché c'è lui a casa."

"Ma cosa stai dicendo?"

"La verità, sto dicendo la verità."

Percorre la strada sterrata che porta a quella principale, agitando la scatola e producendo una serie di piccoli baci schioccanti con le labbra. Dopo una decina di minuti si ricorda di non essere sola.

"Puoi andare," dice a Cesare. Si muove decisa, ha un passo marziale, quando passeggiavano insieme e camminavano uno accanto all'altra lui finiva sempre per avere il fiatone, senza accorgersene. Lo stesso gli accadeva con Andrea. Cesare per natura gironzola, i Baldi si spostano.

"Non voglio andare, ti aiuto a cercarlo," dice lui, il cane sempre al fianco.

Antonia smette di baciare l'aria e di suonare le maracas, ma continua a spingere un piede davanti all'altro. Si sentono solo i passi, il respiro e la lingua pendula di Gen che fa dentro e fuori dalla bocca. Finché le parole ricominciano.

"Ci sono volte in cui sto disegnando oppure sto accompagnando Vittoria a scuola e mi prende alle spalle l'angoscia, il dubbio di averla dimenticata da qualche parte, forse è il giorno della dialisi ed è lì ad aspettarmi sulla sedia a rotelle, in ospedale. Sono pochi secondi che mi lasciano uno strascico di inquietudine quando capisco che no, non mi sono dimenticata di andare a prenderla, ho solo dimenticato di pensarla."

"Tua madre manca anche a me."

"Le piacevi."

Al funerale erano stati vicini, per Vittoria si erano detti, ma non era vero, lui aveva pianto, una cosa che sapeva fare bene, con contegno, ma senza imbarazzo. Vittoria non aveva mai visto piangere suo padre e lo aveva consolato. Antonia non aveva versato una lacrima, era rimasta contratta, la mandibola tesa, i capelli raccolti, chiusa come un pugno. La sera, a casa, Cesare aveva messo a dormire Vittoria e poi era rimasto qualche minuto in cucina con Antonia. Si erano abbracciati a lungo, lei aveva sciolto i capelli con una mano e lui le aveva disteso le labbra con un bacio. Non si baciavano da tanto. Erano rimasti stretti con le mani che accarezzavano la schiena dell'altro. Quando le cose non si risolvono a parole si passa alle mani, e questo riguarda due persone che si odiano, ma anche due persone che si amano. "Ora vai," aveva detto Antonia. Lui aveva sussurrato *colibrì.* Lei aveva capito *sì.*

A casa, Cesare aveva trovato Eleonor in lacrime. Si era sentita sola tutto il giorno a saperlo con la sua ex, la sua ex sofferente. Ai nemici si augura il male, ma è un errore, perché il male, il dolore, rendono protagonisti, muovono a compassione. Eleonor non ammetteva di odiare Antonia, né di considerarla una nemica. Per questo beveva la sua acqua con regolarità, per depurarsi dai suoi pensieri negativi. Antonia era una scrittrice di successo, era una donna adulta, era l'intero passato dell'uomo che amava. Lui parlava poco di lei, solo se interrogato, però una volta lo aveva sentito dire a Vittoria: "La tua mamma è un diamante."

Eleonor aveva avuto un'infanzia felice: famiglia benestante, i genitori erano architetti, si amavano ancora ed erano giovani, in salute, l'unico trauma visto da vicino era la dislessia della sorella minore, accadimento buono per uno o due post di Instagram, niente di più. I ragazzi l'avevano trattata con rispetto. Era venuta in Italia quattro anni prima per seguire un corso di yoga e non era più ripartita, se a casa in Finlandia era carina, in Italia era esotica, bionda, unica. Antonia era strana, non sgradevole ma non propriamente bella, e poi era poco più giovane di sua madre, eppure ne era gelosa.

Il giorno del funerale aveva meditato, concentrandosi sul battito del cuore della bambina, stava seguendo un corso di autoipnosi, utile durante il parto. Aveva pubblicato un paio di video su Instagram, risposto a commenti sulla sua pancia, in tanti dicevano che era troppo magra, che doveva mangiare. Si era incupita ancora di più. Alle dieci era arrivato Cesare, si era sforzata di parlare in italiano, ma poi era scoppiata a piangere passando all'inglese e dando la colpa agli ormoni. Si era sentita esclusa. Avevano fatto l'amore, lui era stato delicato, come sempre da quando era incinta, stringendola di schiena per non schiacciare la pancia. Le aveva detto che era sempre più bella ed era la verità. Eleonor aveva piagnucolato ancora: "Però lei è il tuo grande amore." E lui aveva risposto: "Però tu sei l'ultimo." In un modo difficile da spiegare il passato con Antonia era funzionale al presente con Eleonor, non c'era stata sostituzione, nessuno aveva cancellato nessuno, Antonia ed Eleonor coesistevano, una illuminata o oscurata dall'altra a seconda dei momenti. Nostalgia e Speranza.

Gen abbaia a una cornacchia.

"Torniamo a casa, se Gerundio trova la porta chiusa sarà peggio."

Antonia sa che Cesare ha ragione. Si gira quasi di scatto e ripercorrono la strada al contrario. Parlano a singhiozzo.

"Hai visto Andrea, vero?"

La domanda coglie Antonia di sorpresa.

"Come ti viene in mente?"

"Non lo so, l'avevi visto prima di lasciarmi, quell'estate."

"Non ho visto nessuno."

"A parte il tipo con l'Audi."

"A parte il tipo con l'Audi."

"Che non è un coglione."

"No, è davvero tutto tranne che un coglione."

Raggiungono la porta di casa, ma di Gerundio non c'è traccia. Entrano. Cesare riceve una telefonata, è Eleonor, deve andare.

"Vuoi che dica qualcosa a Vittoria da parte tua?"

"Dille che mi manca e che ci vediamo presto." Indugia un secondo e aggiunge: "È molto arrabbiata per quello che ho fatto, vero?"

"Non è arrabbiata per niente, sostiene che scherzavi, lei sa che scherzavi, lo sta dicendo a tutti perché Babbo Natale le ha scritto."

"Le ha scritto?"

"Be', sì, cioè, le hai scritto tu, no?"

"Io?"

"Ma sì, le lettere da parte di Babbo Natale, pensavo fosse una trovata tua."

"No, davvero..."

"Arrivano nella posta di Classroom della scuola, ma non le ho viste, non vuole, dice che ha fatto un patto."

"Magari se le è scritte da sola."

"Non credo, pensavo che fosse una tua idea perché facesse la brava, tipo Babbo Natale ti vede."

"Giuro di no."

"Ti ricordi... iniziavi ad agosto a dirle che Babbo Natale la teneva d'occhio, avevi anche salvato la tua amica Manuela come Babbo Natale, con la foto e tutto, e ogni tanto fingevi le chiamate in cui lo tenevi al corrente dei capricci di Vittoria..."

"Dicevi che la confondevano e ho smesso tre o quattro anni fa. Magari è un progetto scolastico."

"Non lo so, comunque non mi sembra per niente scioccata."

Antonia è interdetta. "Ma allora perché mi hai cercata qui? Perché mi hai detto che non mi sto comportando da madre?"

"Perché non sono preoccupato per Vittoria, io sono preoccupato per te. Torniamo in città insieme, Toni, parla con i giornalisti, parla con tuo padre, con la tua agente, con la donna delle pulizie, aggiusteremo tutto." Cesare usa il noi come se ci fosse ancora un noi, come se potesse essere davvero d'aiuto, come se la sua presenza non avesse appena peggiorato le cose invece di migliorarle.

"Non posso, prima devo trovare Gerundio. Se vuoi torna qui il 25, organizzo io il pranzo e così mi porti Vittoria."

"Dovevamo andare da mia madre."

"Ci sei sempre andato la Vigilia."

"Quest'anno voleva fare anche il giorno di Natale, ma non è un problema, glielo dico."

"Naturalmente è invitata anche Eleonor."

"Sei sicura?"

"Sono sicura."

"Allora veniamo, Vittoria sarà contenta."

Gen lecca una mano ad Antonia, Cesare le fa un cenno con la testa come dire siamo d'accordo e se ne vanno.

Sul tavolo resta la grande tazza di caffè d'orzo *La felicità è nelle piccole cose*, è piena fino all'orlo. Antonia svuota il caffè nel lavandino, chiama Andrea ad alta voce, ma non risponde nessuno.

Rovaniemi, 30 luglio

Cara Vittoria,

non mi hai più scritto, ma non importa, se non ti dispiace continuo a mandarti qualche lettera, l'estate è il periodo più tranquillo dell'anno per me. Nessuno mi pensa, in TV non passano i miei film, è la stagione del mio letargo, non credere che mi rattristi però, sono contento di riposarmi. Ascolto il mio cuore, il cuore è l'unico organo che si fa sentire sempre, batte, e lo fa per ricordarti che c'è.

Vittoria mia, ho delle cose da dirti, non le capirai oggi, ma forse più in là nel tempo, quando un giorno rileggerai queste lettere. Vorrei darti dei consigli per il futuro, per quando saremo lontani perché tu crescerai e io mi dovrò occupare di altri bambini.

Nella vita ti diranno che sei l'altra metà del cielo, ma tu rispondi che no, non sei l'altra metà del cielo, sei il cielo tutto interno e sarai sia nuvola sia arcobaleno.

Cerca di essere autonoma ma soprattutto indipendente. Sembrano due sinonimi ma non lo sono. L'autonomia è pratica, ha a che fare con l'allacciarsi le scarpe, tagliare la carne, rifarsi il letto e poi, in futuro, con il trovare un lavoro per mantenersi. L'indipendenza invece è mentale e consiste nell'allacciarsi le scarpe, tagliare la carne, svolgere compiti, trovarsi un lavoro e tutto il resto ma senza cercare una costante approvazione, perché altrimenti tutti quei gesti non hanno valore. Il giudizio degli altri, lo sguardo degli altri, anche delle persone che ami, tienilo presente, ma non farti condizionare.

Renditi indipendente comunque in tutti i modi possibili, anche economicamente, questa è la cosa più importante, guadagnare da quello che sappiamo fare è il primo passo. Lavora senza esagerare, ma con soddisfazione che è il vero riposo. Le soddisfazioni te le devi prendere, non cadono dall'alto, né cadono dall'altro, sei tu la misura. Sei tu a far entrare chi vuoi nella tua vita e sei tu a indicare la via per uscire, quando il tempo insieme è finito. Tu a darti, tu a riprenderti. Non c'è bisogno di ribellione, amore mio grandissimo, se cresci libera. E soprattutto perdona questi adulti, questi genitori, perché non sanno quello che fanno, ma fanno davvero quello che possono.

A presto,

sempre tuo, Babbo Natale

P.S. Mi è tornato in mente un episodio di quando eri piccina, avevi quattro anni, avevi fatto un capriccio di quelli che partono da niente e degenerano nelle nuotate a secco, quando i bambini battono piedi e mani a terra, supini, un capriccio stile libero, ecco. La mamma ti ha lasciato lì per un po' a dimenarti e alla fine ha annunciato: "Niente cartoni per una settimana," provocando una nuova nuotata nella tua pozza di lacrime. Un paio di giorni dopo la nonna ti stava facendo vedere delle foto sul cellulare. E tu le hai chiesto di sfogliare piano le immagini perché altrimenti sembravano in movimento come in un cartone e tu non potevi guardarlo per via della punizione. Vedi che sai essere davvero brava bravissima anche tu oltre che buona?

13.

Chi si lascia deve sforzarsi di ricordare da cosa era nato l'innamoramento, per questo i terapeuti di coppia fanno scrivere un elenco degli aspetti positivi dell'altro, serve per rimanere in buoni rapporti, per lasciarsi bene, e con bene s'intende soprattutto quello dei figli. Un'utile operazione di recupero. Ammesso che siano davvero i pregi a farci innamorare.

La psicologa a cui mi rivolsi quando lasciai Cesare mi suggerì l'esercizio inverso, fare un elenco delle cose che non potevo più sopportare di lui. Serviva a non abbassare la guardia, a volte è necessario non perdonare, per andare avanti.

Iniziò lei, per aiutarmi: Cesare era sempre in ritardo, era arrivato in ritardo di anni anche al nostro amore, mi aveva mentito sul fallimento del Circolino, mi aveva tradita, aveva minimizzato, svilito, ignorato ogni mia difficoltà con la bambina, mi aveva fatta sentire orrenda. Una sera in macchina, nel silenzio, con Vittoria dietro addormentata dopo un lungo pianto, tornavamo da una cena a casa di amici, mi pare, avevo girato la faccia verso il finestrino e mi era venuto da scusarmi per quanto fosse sgradevole il mio viso. Forse ogni volta ci si innamora solo per trovare nuovi occhi che ci guardino di profilo, mentre chiacchieriamo in macchina e storpiamo le canzoni alla radio.

Nonostante questo, ciò che scrissi in quell'elenco era il mio nome, quello che non mi piaceva di Cesare alla fine ero io, ciò che ero diventata o forse ero sempre stata, io e la mia infelicità testarda, avvolgente. Per anni ce la portammo appresso come animale da compagnia. La mia bestia, ammansita dalla vita a due. Ma dopo la nascita di Vittoria era tornata a ringhiare.

Se il dolore, la sofferenza, il trauma possono essere eccitanti, possono concedere momenti di euforia, l'infelicità no, non ha picchi e profondità, non è erotica, non è eroica e finisce per prendersi tutto.

Mi sentivo affondare. I figli possono essere àncora o zavorra, o tutte e due, ti tengono ben piantata a terra, agganciata al presente, ma se sei troppo fragile, troppo vuota, se la tua anima ha delle falle, quella presenza ti tira giù.

Da quell'invincibile inverno della maternità vorrei poter dire che mi salvò mia figlia, i giorni al paese da mamma, l'incontro con Andrea, ma non è vero, ancora una volta mi salvò l'immaginazione, mi salvò Ottavia Meraviglia, perché con lei arrivò il riconoscimento. E purtroppo, se non sai più chi sei, il riconoscimento vale più dell'amore.

I primi tempi della mia nuova vita furono l'età dell'incoscienza. I libri da scrivere e disegnare, le presentazioni, le collaborazioni con le riviste mi permettevano una forma di distacco, di lontananza, e giustificavano l'altalena dei miei sentimenti nei confronti di Vittoria, nessuno capisce "mamma è depressa", "mamma non riesce", "mamma non ce la fa", e invece "mamma deve lavorare" sì, quella è una frase di fronte alla quale si fermano tutti. In fondo, con gli uomini funzionava da secoli, loro lavoravano, non dovevano portare i figli al parco, convincerli a muoversi quando si inchiodavano in mezzo alla strada, contenere la furia, spingere, alzare, pulire, tirare, chinarsi, anticipare. Lavoravano, potevano essere nervosi, soddisfatti, potevano essere quello che volevano, anche ottimi padri quando tornavano a casa.

Ottavia Meraviglia mi permetteva di essere anche una madre, anche. Pur chiedendomi un impegno creativo grande, mi alleggeriva, mi consentiva di incontrare gente nuova a cui non dovevo nemmeno presentarmi perché sapeva già chi ero, chi ero l'aveva deciso seguendomi sui social, gente che mi diceva ti voglio bene, ti leggo con i miei bambini, sei speciale. Io sorridevo, sorridevo sempre, sorridevo per legittima difesa.

Le persone che mi amavano furono sostituite con quelle a cui piacevo.

Viaggiavo e scoprii gli hotel. I miei genitori d'estate affittavano una casa al mare per un mese, a luglio perché ad agosto c'era troppa ressa e costava di più, mamma trascorreva i primi giorni a pulire, stendeva fuori i materassi, passava l'ammoniaca sui pavimenti dei bagni, bonificava ogni angolo, e solo quando tutto era igienizzato io e mio fratello potevamo acclimatarci. Papà ci raggiungeva nei weekend e ci trovava abbronzati e più in carne. Non ricordo altri viaggi, nessun albergo e nemmeno una pensione. Anche in seguito, con le amiche, si andava in campeggio oppure in grossi brutti appartamenti affittati su internet o si sfruttavano le case al mare di una o dell'altra, l'hotel era roba da ricchi o da vecchi, come i taxi.

Invece quando partirono i tour di presentazione e i festival, fui rapita dai bagni con specchi a tutta parete, dall'odore di federe e lenzuola sempre profumate di fresco, dalle colazioni la mattina con il bacon e le uova e i pancake, ed era bello avere qualcuno con cui accendere grossi televisori davanti a letti king-size e ascoltare le notizie a tarda notte, dopo aver fatto l'amore. A dirla tutta, mi piaceva più ascoltare le notizie a tarda notte che fare l'amore.

Incontrai diversi uomini. Con Federico durò un anno, mi raggiungeva in giro per l'Italia, quando poteva, abitava a Roma, ci vedevamo così in un clima di vacanza e poi ci si scriveva quando tornavamo ognuno alla propria quotidianità. Prima di conoscerci dal vivo avevamo intrattenuto un carteggio infinito su Facebook, mi aveva cercato lui con la scusa di un lavoro, era sceneggiatore, voleva propormi di collaborare, non saprei più dire a quale progetto. Online si crea un'intimità irreale immediata, perché in verità chatti con te stesso, interpreti come vuoi le parole dell'altro e passare da come stai a cosa ti farei è un attimo.

Mi dava dei piccoli ordini, oggi mettiti il rossetto e quella gonna, niente slip. Era un gioco che divertiva davvero solo lui o forse nemmeno lui. Comunque baravo perché poi gli slip li tenevo.

Una sera mi chiese delle foto. Vittoria era dal padre. Staccai uno specchio d'epoca in sala, lo portai in camera mia e cominciai ad armeggiare a seno scoperto, alla ricerca di un'inquadratura che mi valorizzasse. La luce era troppo forte e diretta, cercai un foulard per renderla soffusa, trovai solo una canottiera di mia figlia, appoggiata allo stendino che nei mesi invernali troneggiava sempre pieno di vestiti vicino al termosifone. Appoggiai la canottiera sulla lampada, scattai, fino a quando fui soddisfatta, la mia pancia tesa, non mi ripresi il volto, ero solo corpo, a carponi. La gravità ridotta al minimo. Inviai. Poi andai a caricare la lavastoviglie. La canottiera si incendiò, quando me ne accorsi la fiamma si era già estesa al cuscino, vicino al letto c'era la bottiglia d'acqua per la notte e riuscii a spegnere il fuoco con quella. Dopo, con due cuori impazziti al posto delle tempie, mi sentii così stupida, non riuscii a riderne, ero sola nel mio appartamento a far finta di essere sexy, a far finta di eccitarmi, a far finta. L'odore di bruciato rimase per giorni e Federico non lo volli più vedere. Mi scrisse una breve email con la quale mi informava che ero pazza, avevo evidenti problemi emotivi, mi dovevo curare. Passai mesi nel terrore che mostrasse la mia foto a qualcuno, una paura che è tornata oggi con questa tempesta in atto. Mi consola aver tagliato la testa dall'inquadratura, certo non perché avessi previsto l'epilogo della nostra storia, ma perché non mi riusciva di fare un'espressione misteriosa o seducente, il ridicolo mi si legge subito in faccia. Mi consola anche pensare che la mia malattia mentale in quel caso consistesse nel non essermi innamorata di lui. Da allora diffido degli uomini che descrivono le ex come pazze, perché sono quasi certa che la loro pazzia sia stata, in fin dei conti, averli lasciati o non averli amati abbastanza.

Papà era contento del mio successo, entrava nelle librerie e posizionava Ottavia in modo da coprire gli altri libri. La mamma era scettica, mi pare tu sia troppo impegnata, mi ripeteva. Se la incalzavo per avere un giudizio più chiaro, se le chiedevo perché non riuscisse a essere orgogliosa, mi rispondeva con una domanda: "Ti piace quello che fai? Deve piacere a te."

C'erano cose più forti di lei. Era più forte di lei il pudore, non riusciva a mostrare entusiasmo, orgoglio, soprattutto nei miei confronti. D'altronde c'erano cose più forti di me, tipo non riuscire ad abbracciarla o dirle ti voglio bene. Abbiamo lasciato vincere le più forti di noi e ci siamo perse tanto l'una dell'altra. Quando ha esalato l'ultimo respiro ho percepito il peso della voce, tutto risucchiato per l'ultima volta dai polmoni. Era secca come un ramo, anzi come un burattino, e infatti pensai all'episodio di Pinocchio trasformato in asino e buttato in acqua, i pesci che mangiano la sua pelle fino al legno e che lo liberano dal fardello della carne. Allora l'ho accarezzata, quando non era più testimone del mio gesto, prima la fronte, le ho spostato i capelli, aveva le braccia scoperte e ho seguito le vene dove il sangue aveva appena fatto i suoi ultimi giri. Avrei dovuto toccarla di più da viva, questo è.

Chi mi metteva davvero in difficoltà, a parte mia madre, erano i bambini. Quando le mamme venivano ai firmacopie li trascinavano con sé e mi presentavano come una scrittrice importante, la creatrice di Ottavia Meraviglia. Loro mi guardavano sospettosi, con l'espressione di chi ha smascherato una truffatrice, avevano scritto in faccia *questa qui è solo un'adulta*, a loro interessavano Orangostanco e Pandoro, mica chi li aveva inventati.

Con il tempo arrivarono le critiche al mio lavoro, alcuni sostenevano che i disegni fossero puerili, imperfetti, e che le trame fossero diventate prevedibili e prive della sensibilità degli inizi. Mi stupii, non lo avevo mica chiesto io di continuare a pubblicare, mi ci ero trovata, era un desiderio realizzato che non avevo mai espresso. Cosa volete da me? mi veniva da dire. Qualche amica mi mandava le parodie di Ottavia, i meme, i commenti sgradevoli trovati sui social e io ne soffrivo, anzi ne soffrivo due volte, una per il giudizio negativo e una perché l'amica sembrava godere nell'inviarmelo.

Se i giudizi negativi riguardavano i miei post privati era anche peggio, raccontavo della mia vita come la si racconta al compagno di viaggio che incontri sul treno e ti senti di essere molto schietta perché tanto non lo vedrai più. Scrivevo e disegnavo della separazione, della difficoltà di essere mamma, della difficoltà di essere figlia. Non ti crea problemi mettere in piazza i fatti tuoi? mi chiedeva qualcuno. Ma scrivere e disegnare per me era esattamente il contrario, era nascondermi non mettermi in piazza, era custodire, rielaborare, anche nella massima sincerità e innocenza, era fantasticare.

Gli attivisti non mi perdonavano la mancanza di impegno, non mi schieravo per questa o per quella causa, la stessa Graffianti mi suggeriva di lanciare messaggi più chiari, più politici, ma io non riesco a sposare le cause, in toto, sento che qualcosa dentro sterza, perché le cause le fanno le persone, e il bello e il brutto delle persone è che si tradiscono. Sposi una causa e prima o poi ti separi. Lentamente finiva la mia età dell'innocenza, perdevo leggerezza, e la pressione aumentava, forse ha continuato ad aumentare fino all'assurdo epilogo di Babbo Natale.

Simona Buonanno ha mantenuto il suo entusiasmo invariato, "Va tutto benissimo, Toni, l'importante è non fermarsi," mi ripeteva e mi ripete ancora. Ma io devo essere rotta, in qualche mia parte, perché quando tutto va bene creo malesseri sempre nuovi, come un corpo sano crea nuove malattie autoimmuni. Una malattia autoimmune è una disfunzione che induce l'organismo ad attaccare i propri tessuti, in pratica è autosabotaggio, lo stesso che riguarda le relazioni anche quando sembrano funzionare. È che non mi lascio mai stare.

Il bagno di mamma non ha la doccia, c'è una vasca dotata di sgabello. Lo specchio sopra il lavandino è lì da prima della mia nascita, ha visto la mia fronte mentre stavo sulle punte preparandomi per il primo giorno di scuola, poi la fronte e gli occhi, la fronte, gli occhi e il naso e la bocca e il mento e via così finché la figura si è fatta intera. Anche se non mi sento intera, per niente.

Ho i muscoli indolenziti, mi fanno male le cosce e una guancia è arrossata, deve essere stata la barba incolta di Riccardo. Sfilo la maglia, i pantaloni, gli slip, mi guardo la pancia, è magra ma sta cominciando a rilassarsi, la cicatrice del cesareo è spessa. Tutto quello che è secco cade, le foglie, la mia pelle. Un corpo medio come il mio è pelle da accarezzare per circa due metri quadri, spanna più spanna meno, la dimensione di uno sgabuzzino, che è sempre il posto più freddo di un appartamento. Quando sei infelice, quando nessuno ti tocca o accarezza da tanto, ti senti chiuso in uno sgabuzzino, dimenticato. Spesso è solo una cosa passeggera, bisogna ricordarselo, anche i regali di Natale se ne stanno chiusi per un sacco di tempo negli sgabuzzini o negli armadi, almeno finché arriva il loro momento. Ieri è stato il momento di Riccardo, ma non c'è mai niente di integralmente pulito e limpido, niente di gratuito per me, è il baratto della felicità. Non si può avere tutto, dicono i saggi e lo so bene, però, vorrei dire ai saggi che quello che ho, anche se parziale, lo vorrei intero.

Riccardo è un uomo intero, dà la sensazione di essere stato intagliato da un blocco unico. Fare l'amore con lui è stato come dovrebbe essere, come cantare insieme senza musica. Da fuori puoi stonare, c'è un che di ridicolo nei gesti, ma tanto non importa, perché mentre canti ti pare di essere a tempo, prendi note altissime senza fatica, ti emozioni. Per fare l'amore bisogna credere di saper cantare, senza domandarsi mai se si è capaci davvero.

Faccio la doccia nella vasca, per lavarmi la testa mi accovaccio sotto il rubinetto, il fon non ha il diffusore e mi increspa i capelli, vorrà dire che terrò il berretto. Indosso jeans larghi e una maglia morbida, il cappotto, devo fare una cosa scomoda e ho bisogno di stare comoda. Do ancora un'occhiata al giardino per vedere se Gerundio è rintanato da qualche parte, ma niente. Sarà già arrivato dai vicini, forse è meglio così. Salgo in auto e parto. È ora di andare.

14.

Simona Buonanno vive in un appartamento con terrazzo vista fiume in una palazzina di fine Ottocento. Al momento dell'acquisto lei e il marito erano determinati a recuperare tutti i particolari d'epoca nascosti dalle mode edilizie dei decenni precedenti. Il camino era stato chiuso negli anni settanta, mentre gli affreschi erano stati coperti da una controsoffittatura a faretti, il parquet sostituito da marmo bianco. La ristrutturazione, durata tre anni, è stata accompagnata da sfoghi isterici della Buonanno, sempre infuriata con l'architetto d'interni che seguiva i lavori. A un certo punto Antonia ha anche pensato di chiamarlo, l'architetto d'interni, per dirgli che lo capiva, che le dispiaceva per come era tiranneggiato. Ma all'inaugurazione della casa l'architetto c'era: "Ecco il genio che ha reso possibile tutto questo," l'ha presentato così Simona, tenendolo stretto stretto sottobraccio.

Il Natale in questa zona della città è discreto, le luci lampeggiano d'oro, bianco e argento, qualche lanterna qua e là, banditi il rosso e il verde che fanno troppo anni ottanta.

Antonia suona al campanello, le risponde una voce maschile.

"Toni," dice lei.

"Evviva," risponde la voce. Luigi si presenta alla porta con un sorriso e un abbraccio. "Sei una visione."

"Più un'apparizione," si schernisce Antonia.

Luigi ride come fosse la migliore delle battute, ha occhi azzurri e un grande naso all'insù, così all'insù che sembra portarsi dietro il labbro superiore. Le offre da bere, ha modi gentili, i modi dei santi, dei falsi o dei cretini. Non le sembra falso. Simona una sera, era brilla, le aveva raccontato di essersi invaghita di un tale e di averne parlato con Luigi. Luigi le aveva risposto che era libera di fare tutto quello che riteneva opportuno per essere felice. Appunto, una risposta da santo, falso o cretino.

"Come sta la mia scrittrice preferita?"

"Così." Antonia fa un gesto con le braccia come per mostrarsi dalla testa ai piedi.

"Allora direi benissimo."

"Temo di aver fatto arrabbiare tua moglie."

"Ma che dici? Devi vedere come si sta divertendo."

"Divertendo?"

"Non potevi farle un regalo di Natale migliore, è tutta presa, telefona, chiama, ti difende, gioca."

"Gioca?"

"Certo, gioca, ma giocano tutti sai, hai fatto un gran regalo anche alle BabbeNatale."

"MammeNatale credo si chiamino," Antonia lo corregge, ma non sa se Luigi ha sbagliato intenzionalmente.

"Sì, scusami, MammeNatale."

In un angolo c'è un albero fatto di libri, quelli in alto, verso la stella sono tutti volumi di Ottavia Meraviglia.

"Non dico che scherzino... ma giocano, per giocare devi crederci un pochino, devi tenere presenti le regole, vedere gli avversari come avversari e gli alleati come alleati, no?"

"Suppongo di sì."

Una chiave gira nella serratura.

"Eccola!" annuncia Luigi e va incontro a Simona che ha le mani impegnate da borse piene di pacchetti e sta parlando al telefono. "Ti devo lasciare," dice a qualcuno, "è qui."

"Hai visto chi abbiamo, *mon petit coeur*?" Luigi la aiuta a liberarsi del cappotto e non smette di sorridere mentre Antonia capisce a chi assomiglia: al papà pacioccone della famiglia Bradford, ma con più capelli.

"Ciao," Toni si alza dal divano così sono tutti e tre in piedi. Contrae i muscoli in attesa di un'esplosione, di una scenata epocale, la faccia di Simona è paonazza, si toglie il cardigan e prende a sventolarsi con una rivista di arredamento posata sul mobile della sala.

"*Luigiui*, mi prenderesti dell'acqua per favore, prima che la menopausa mi trasformi in una maledetta Giovanna d'Arco!"

Lui trotta via e torna con una caraffa e un grande bicchiere. Piano piano il viso di Simona riprende un colore naturale.

"Lasciaci sole, *trésor*, dobbiamo parlare," e congeda il marito che esce senza mai smettere di sorridere.

"Sai, Antonia, tu sei un'adulta, non puoi sparire così, dove sei finita?"

"Sono andata da mia madre."

"Al cimitero?"

"Non al cimitero. Sono andata a casa di mia madre."

"Pensavo l'avessi venduta quella casa."

"Non ho venduto niente." Il tono è duro. "So che hai chiamato Cesare."

"Vuoi fare tu l'offesa con me?"

"No, solo non capisco chi ti abbia dato il diritto di chiamare il mio ex."

Simona si lascia andare sulla poltrona alle sue spalle, in uno sbuffo esausto.

"Sai chi mi sembri? Quegli uomini, beccati dalla moglie che ha letto le chat con l'amante. Quelli che quando lei si arrabbia si attaccano alla questione della privacy, dello stile: non dovevi leggere il mio telefono senza il mio permesso e bla bla."

"Io non ti ho tradita"

"Sì che mi hai tradita!"

Antonia vorrebbe dirle che non la sopporta più, che non sopporta il suo profumo, il colore dei suoi capelli, la sua voce, il suo gusto del pettegolezzo, i *cara*, *gioia*, *tesoro*, i baci sfuggenti mai posati sulla guancia. Le piacerebbe aprire la bocca e dirle tutto quello che le passa per la testa. Ma a nessuno piace quello che passa per la testa, perché è la testa, non un mazzolino di violette. Non c'è niente di più ripugnante del cervello. È grigio, molliccio. Se il cervello non facesse schifo gli uomini girerebbero con la materia grigia in bella vista, e invece girano col cervello ben chiuso in una scatola e poi impacchettato in un involucro di pelle e di parole, di dissimulazioni. Di *scusa, mi dispiace, non volevo*. E infatti Antonia lo dice.

"Scusa, mi dispiace, non era mia intenzione."

Funziona sempre, Simona si ammorbidisce: "L'importante è che tu sia qui adesso e che possiamo parlare. Te lo devo dire, hai fatto solo cose assurde da una settimana a questa parte, ma quell'avvocato è stato un colpo geniale!"

"Geniale, addirittura."

"L'ex marito di Monica Pozzi che difende Antonia Baldi, la donna che ha ucciso il Natale! Se non ti sembra geniale questo."

"Chi è Monica Pozzi?"

"Quella che ha scritto il primo post contro di te, la mamma del teatro, Lucciola Intermittente."

"Riccardo è suo marito?"

"Ex marito, non dirmi che non lo sapevi..."

Ad Antonia fischiano le orecchie, le fanno male i polpastrelli.

"No, non me ne ha parlato, non siamo amici."

"Tesoro, lui ora è il nostro migliore amico, credimi!"

Si alza dalla poltrona e le si siede accanto sul divano, sa di muschio bianco e di fondotinta.

"Ma te l'ha detto lui?"

"No. Ma l'ho capito l'altro ieri quando ci siamo incontrati, come mi avevi scritto di fare."

"Non ti ho detto di incontrarlo, ma di sentirlo."

"Vabbè, è lo stesso, sono stanca di stare al telefono. Comunque non mi è piaciuto per niente, spocchioso, grossolano, però poi spulciando nel profilo Instagram di questa Monica è saltata fuori una foto a Cancún con il nostro Politi."

"Dici che mi ha cercata per farla pagare alla moglie?"

"Ma ovvio, cuore!"

Antonia si stacca una pellicina dall'unghia dell'indice sinistro e le viene un ghigno nervoso. È sorpresa, ma anche niente affatto sorpresa, per un secondo le viene da giustificarlo, magari si è dimenticato di dirlo. No, non è possibile. Le ha scritto perché il nemico del mio nemico è mio amico... Intanto Simona pronuncia tutte le parole che non le ha detto negli ultimi giorni, parla fitto.

"Ora dobbiamo solo decidere come procedere, mi duole ammettere che il tuo silenzio ci è venuto in aiuto, lo stesso Manuel Cara si è dovuto ricredere."

"Chi è Manuel Cara?"

"Ma come chi è? L'esperto di comunicazione, l'hai conosciuto alla festa di primavera dell'anno scorso, quello con l'aragosta tatuata sul collo. Dice che sarebbe opportuno dichiarare una tua forma depressiva, un esaurimento."

"Ma io non sono depressa! Ci ho pensato, Simona, forse è il caso di chiedere scusa e basta."

"Non se ne parla! Non ora che si è aperto il dibattito. Hai dei detrattori ma ci sono anche quelli a tuo favore, stanno spuntando ovunque, nei commenti sotto i post delle MammeNatale, sui giornali. La Zanchi, l'opinionista di *Ogni benedetta domenica*, ti ha dato ragione. Ti cerco la fine del suo post, aspetta."

Simona cerca svelta sullo smartphone. "Trovato." Lo legge ad alta voce, saltando da una frase all'altra: "'I genitori di oggi stanno addosso ai loro figli, li analizzano sotto la lente di ingrandimento, senza accorgersi del male che fanno, perché sotto la lente le farfalle, come i bambini, si bruciano le ali,' e poi 'inoltre, se è sufficiente la parola di un'adulta qualunque per smontare l'immaginazione di un bambino, vuol dire che quel bambino era pronto per diventare adulto a sua volta.'"

"Temo però che non fossi un'adulta qualunque, in quel contesto."

"Ma da che parte stai, Toni? Poi sembra che anche Le famiglie in Cristo simpatizzino per te, sai Babbo Natale non è ben visto in un certo ambiente cattolico, loro sono della scuola Gesù Bambino."

"Tutto questo è grottesco."

"Può darsi, ma l'alternativa sono le rubriche televisive sulla ricetta del panettone nel mondo. Capisci che la tua storia è più interessante, è diventata una notizia di colore internazionale? Mi hanno contattata quelli del Tg2, fanno uno speciale la sera del 25 e ti vorrebbero per un'intervista, una diretta, puoi anche collegarti da casa. Sarebbe la nostra occasione, facciamolo."

"Ma è Natale."

"Appunto!"

"Ho il pranzo con Vittoria, con mio padre, ho invitato anche Cesare, non posso far saltare tutto."

"Invita anche noi! A un certo punto ci appartiamo, io ti trucco un po' e facciamo il collegamento."

"Ma non è un gioco, questa è la mia vita, la mia vita vera."

"Gioia mia, tu hai troppa immaginazione per avere una vita vera."

Poi, senza dare ad Antonia il tempo di ribattere, Simona urla: "*Luigiui*, a Natale siamo dalla nostra Toni!"

Attraverso il muro giunge un nitido e scandito "Splendido!".

15.

C'è un iter per sbattezzarsi, è sufficiente mandare un'email alla parrocchia in cui si è ricevuto il sacramento, esprimendo la volontà di non far più parte della Chiesa cattolica. Sembra la dissoluzione di un incantesimo via fax. Ma se c'è un procedimento per togliere il battesimo non capisco perché non ci possa essere anche una prassi per disconoscere le persone, amici, amanti, fidanzati, parenti. Vai sull'apposito sito, inserisci le credenziali e poi scarichi il modulo, scrivi il nome del destinatario e le motivazioni che ti spingono a chiedere il disconoscimento ed è fatta. La ragione del disconoscimento è indiscutibile e l'effetto irrevocabile. Nel caso si voglia conoscere di nuovo la persona disconosciuta si riparte da zero se entrambi sono d'accordo a ricominciarsi daccapo. Compilato il modulo, invii, l'altro notifica la presa visione e sei libero, nessun obbligo di salutarsi per strada, di giustificarti, di sostenere un sorriso imbarazzato mentre si conversa del più e del meno. Quando qualcuno ti parla di quella persona puoi dire no, non la conosco e chiudere il discorso. Estraneità in purezza, libera da ambiguità, tutto nero su bianco, nessun nemico, nessun ex, nessuna polemica, nessun rancore. Non come quell'assurdità passivo-aggressiva del bannarsi sui social.

Se esistesse questo protocollo burocratico io riceverei montagne di notifiche perché ho dimenticato troppi compleanni, perché ho declinato un numero eccessivo di inviti all'ultimo momento, perché non mi sono interessata quando era l'ora di interessarsi, perché non mi sono comportata da madre, da amica, da fidanzata, da figlia, da sorella. Non so come si faccia a *comportarsi da* e nemmeno capisco quelli che dicono io *sono un tipo da…* da vino e non da birra, da lago e non da mare o da montagna, palestra, noir, poesia. I definiti.

Comunque io questa cosa del disconoscere l'ho sempre fatta. E quindi dopo essere uscita da casa di Simona mi siedo in macchina e scrivo un'email a Riccardo.

Da: toni.baldi@graffianti.it
Data: 22 dicembre
A: r.politi@gmail.com
Oggetto: DISCONOSCIMENTO IMMEDIATO

Il dottor Politi ha mentito alla dottoressa Baldi, omettendo di essere stato sposato a Lucciola Intermittente e di avere avuto con lei un bambino, Milo Politi. Si ritiene che l'omissione non possa essere considerata accidentale e che l'avvocato abbia avvicinato la Baldi a fini lesivi per la suddetta Lucciola Intermittente. Si chiede pertanto la restituzione o la cancellazione delle ore trascorse insieme, della cena consumata alla Bocciofila dei Ciliegi, della serata in palestra e della notte presso il domicilio del Politi, inclusiva di due rapporti intimi e di diverse confidenze da amanti. Si ricorda che la comunicazione non può essere impugnata né discussa in sede privata o giuridica. Buona vita.

In fede, Antonia Baldi

Non so quando si sia iniziato a mandare affanculo le persone augurando loro buona vita, ma così è. Invio e parto verso il paese. Ai tempi dell'università, guidando ripetevo a voce alta per gli esami e guidando mi sono venute le migliori idee per le storie di Ottavia. È stato mio fratello a insegnarmi a cambiare le marce, a parcheggiare, a fare i freni a mano, prima che mi iscrivessi a scuola guida, anche perché a scuola guida i freni a mano non te li insegnano. Da Andrea ho imparato a tuffarmi, a ruttare a comando, a fischiare. Non ho mai superato il maestro in nessuna di queste discipline. Una cosa che proprio non ho imparato è la ruota, avrei pagato per riuscirci, lui era bravissimo ma non si esibiva in pubblico perché era roba da femmine. Vittoria fa ruote perfette, il che mi rende ottimista per il suo futuro.

La strada dalla città alla casa in paese l'ho percorsa migliaia di volte al volante, da triste, arrabbiata, felice, euforica, disperata, l'ho fatta in lacrime e cantando, l'ho fatta in silenzio. L'ho fatta con la mamma, negli ultimi mesi di vita, quando la portavo in ospedale per la dialisi, tre volte alla settimana. Era una pessima passeggera, non sopportava la musica, pativa le curve, pativa l'odore della mia auto, pativa l'aria condizionata e anche il riscaldamento, diceva che sapeva di pesce, pativa il sole dal finestrino, pativa che dovesse dipendere da me, non riusciva a dire grazie, era più forte di lei. Non mi dava ordini, usava la prima persona plurale, "noi adesso andiamo più piano" oppure "non credi che dovremmo fermarci a fare pipì?", cose così. Nel tragitto parlavamo di Vittoria, soprattutto. Vittoria che secondo lei assomigliava tanto ad Andrea.

Seguiva l'attesa, mentre le pulivano il sangue, mi sedevo ai tavolini del bar davanti al pronto soccorso, ci volevano tre ore. Disegnavo, leggevo, guardavo l'umanità che si aggira stranita davanti ai luoghi di malattia, non potevo tenerle compagnia, i parenti dovevano aspettare fuori. Una mattina mi sentii bussare sulla spalla, era Cristiano, il mio amante di quando avevo vent'anni, era diventato ematopatologo. Ci abbracciammo, si complimentò per la mia carriera, faceva ridere detto da uno che salvava vite, aggiunse che sua figlia adorava Ottavia Meraviglia e che il fatto di conoscermi lo rendeva orgoglioso. "Non so se ho il diritto di essere orgoglioso," mi confidò con un po' di imbarazzo, "ma io ho un bellissimo ricordo di te." "Allora ne hai tutto il diritto," risposi. Parlammo del perché fossi lì, di mia madre, lui aveva perso il padre da poco. Gli chiesi della sua fidanzata di allora, quella del DAMS a Bologna, quella che lo lasciò. Mi spiegò che c'era stato molto male, gli era sembrata una tragedia, poi sorrise: "Fa ridere quanto soffri quando soffri, ma poi sai com'è, Toni: prendi una tragedia, aggiungi un tempo sufficiente e avrai una commedia." Ci scambiammo i numeri sapendo che non li avremmo usati. Aggiunsi che alla fine ne avevo scelto uno bello ma che anche lui mi aveva tradito, ci salutammo con un sorriso. Tornai da mia madre un po' più leggera.

Dentro l'ospedale mamma si spostava in carrozzina per velocizzare i movimenti e per non rischiare cadute. Più dimagriva più la vestivo, strati e strati di abiti, aveva sempre freddo. "Come sta il nostro baco da seta?" chiedeva il medico di turno all'arrivo. Non mi faceva ridere, per niente, detesto come i vecchi vengono presi in giro, non sono più maschi o femmine, non hanno più sesso, non sono più contenitori di tutte le donne e uomini che sono stati durante la loro vita, bambini, adolescenti, ventenni, trentenni e via così, sono solo entità evanescenti, da trattare con condiscendenza. Ho sentito chiedere a persone molto anziane se avessero la fidanzata, come lo si può domandare a un bambino della materna. Mia madre era tutto tranne che un baco da seta.

Un giorno, mentre la spingevo lungo il corridoio, disse: "Avresti meritato una madre diversa." Non era un'affermazione, era un incipit. Quando le chiesi di spiegarmi fece un gesto con la mano come se le parole fossero uno sbuffo di fumo e volesse allontanarne anche l'odore.

Mi spiace così tanto aver lasciato cadere il discorso. Mamma, avrei dovuto dirle, sei la prima parola, la radice di tutte le successive. Sei l'orgoglio che trattiene e che spintona e che ha guidato ogni mio passo. Sei l'albero da cui mi sono staccata, con determinazione, sfruttando ogni pendio per ruzzolare lontano. Il sospetto congenito che nulla abbia senso, ma la libertà di cercare il mio. Un discorso che non si chiude, ma che è tutto nel suo inizio. Hai fatto quello che sei stata in grado di fare, niente di più. Ma niente di meno, davvero niente di meno.

Parcheggio l'auto, il buio è così buio che il cielo sembra bianco, prima di scendere mando un messaggio a papà, l'unico che usa solo gli SMS tra i miei contatti: "Per Natale vorrei fare il pranzo nella casa in paese, io sono già qui. Sarei contenta se ci foste anche voi."

Do del voi a mio padre per rispetto alla Signora, so che fa piacere a tutti e due che li consideri una famiglia. La mia vita appare come una complessa insiemistica di *voi* che non comprendono me. Sotto il letto in camera mia c'è una scatola con decine di mazzi di chiavi perlopiù anonime, aprono serrature di porte che non esistono più. La porta di casa dei nonni, la porta del primo appartamento di Cesare con l'attore di Caserta, del secondo insieme, il portone del Circolino. Non riesco a sbarazzarmene. Forse perché ci abito ancora, ci abitano i miei *noi*. Andrea e io, nel salotto della nonna, seduti sul parquet così incerato che ci si poteva incidere sopra con le unghie. La mia felicità è rimasta chiusa lì, dietro quelle porte, e non so come aiutarla a uscire.

Devo fare di corsa il tragitto dall'auto alla casa, con la torcia dell'iPhone accesa e le chiavi in mano, pronta per infilarle nella toppa. In quei dieci metri di buio si annidano i mostri, i killer, gli assassini seriali, le bestie di Satana. La stessa gentaglia che popola i corridoi, dal salotto alla camera da letto, dopo che hai visto un film dell'orrore, da sola, la sera. Corro come se ce li avessi tutti alle calcagna. Mentre cerco di far entrare la chiave, un movimento.

"Ciao."

Lancio un urlo. "Dio mio, tu mi vuoi ammazzare!"

Andrea è seduto sulla panca accanto all'ingresso, ha in braccio Gerundio.

"L'ho trovato sotto il velo da sposa delle rose, credo abbia bisogno di una pulita."

Stringo il gatto, il pelo è bagnato sulla pancia, dentro casa lo perlustro per cercare qualche graffio o segno di lotta, sta bene.

"Te la sei cavata, vecchio senza palle," lo sgrido tenendolo stretto mentre prendo una spugnetta per i piatti, quella con la parte verde ruvida, e lo spazzolo come riesco. Andrea accende la stufa e ci riscaldiamo tutti e tre, anche lui ha un'aria malconcia, stanca.

"Si è solo fatto un giretto nel bosco. E tu dove sei stata?"

"Un giretto nel bosco anche io."

Gli racconto di Cesare, che ho invitato tutti per Natale, e poi gli dico della mia agente, lui ascolta, senza interrompermi, mentre mette sul fuoco dell'acqua.

"Ho cenato da Simona, ma qualcosa di caldo lo bevo volentieri, c'è la camomilla."

Gli racconto della possibilità di partecipare alla trasmissione, ma lui vuole sapere di Cesare, se c'è ancora qualcosa tra noi.

"C'è Vittoria tra noi," gli dico.

"Certo..." Ma non è del tutto soddisfatto della risposta.

"Sai che quando ci si lascia si dice ti ho dato gli anni migliori, ma non è vero, a lui ho dato proprio la vita, con i giorni medi, belli e bruttissimi, gli ho dato i weekend che per esperienza sono i più deludenti, come le vacanze. E lui l'ha data a me, credo, anche se forse è stato più parco con le dosi." Sono indecisa se raccontargli di quando ci siamo baciati, la sera del funerale. Mi aveva fatto uno strano effetto, in un certo senso era stato come guardare un film registrato dalla TV, in videocassetta. La trama è sempre attuale, coinvolgente, nuova anche se conosci tutte le scene, ti fai prendere, ma poi parte lo spot e gli spot datano il film, lanciano promo di trasmissioni vecchissime, parlano di profumi ormai fuori commercio. Ecco, io posso ancora sentire Cesare, ma facciamo parte di un tempo che è finito.

"E l'avvocato?"

"Non è andata." Passo la spugna con troppa forza sulla coda di Gerundio che si rigira, mi azzanna la mano senza affondare i denti, è solo un avvertimento. Da che mi ricordo non ha mai morso.

"Che è successo?"

"Ho scoperto che è l'ex marito della donna che ha scritto il primo post con l'hashtag boicotta Ottavia."

"Hanno un accordo, dici?"

"Ma no, non credo, immagino che semplicemente lui non sopporti questa ex e mi abbia contattato per ferirla, per colpirla. Deve essere stata una brutta separazione."

"Quindi il bimbo sui giornali, quello che piange, è il figlio dell'avvocato."

"Esatto."

Andrea si strofina un occhio passando l'indice teso sopra la palpebra, la camomilla resta in infusione, Gerundio scende dalle mie gambe, gli do delle crocchette che annusa ma non mangia.

"Forse dovreste parlare."

"Non ce la faccio più a parlare. Sono piena di parole, di versioni differenti della stessa storia."

"Parliamo per sfuggire alla paura. Pensaci, abbiamo così paura del vuoto di senso che la notte, a occhi chiusi proiettiamo nello schermo della mente immagini e parole e le chiamiamo sogni. Popoliamo tutto di narrazioni, è il nostro modo di sfuggire alla morte e al buio."

"E tu? Tu non sogni?"

"Non mi serve più."

Annuisco. "Posso chiederti una cosa?" Prendo un sorso di camomilla. Bollente e senza zucchero.

"Certo."

"Cesare mi ha detto che Vittoria riceveva delle lettere, delle email, da Babbo Natale. Tu c'entri qualcosa?"

Andrea sorride. "No, purtroppo no."

"E chi allora?"

"Papà forse?"

"Forse, sì."

"Oppure le scriveva proprio Babbo Natale."

"Sarebbe un gran colpo di scena."

Mi guardo intorno: manca l'albero! Non può mancare l'albero per il pranzo del 25. Se non ricordo male è nel sottoscala insieme alle palline di quando eravamo piccoli. Negli ultimi anni lo trascorrevamo qui, Vittoria, mamma e io, tra donne, diceva Vittoria. Guardavamo i film nel lettone, uno dopo l'altro, e poi mangiavamo la pizza fatta in casa. Dopo pranzo arrivavano i vicini, Carlo con la moglie Sara, lo chiamavamo Tutankarlo perché era vecchissimo. In chiesa ha pianto tanto e ha scritto belle parole sul libro delle firme.

Mamma non faceva regali agli adulti, i regali si fanno solo ai bambini. Aveva le sue regole. Io non so come reagire ai regali, non mi piacciono quasi mai. Però mi piacciono i biglietti, purtroppo non li scrive più nessuno. Mamma sì, scriveva solo quelli, con la sua bella grafia di maestra, i messaggi dicevano cose che le era impossibile dire nel resto dell'anno, dicevano figlia mia, dicevano giorni belli. So che inviava un'email di Natale anche a papà, nonostante non si sentissero più, aveva un mio vecchio computer portatile su cui giocava al solitario, la prendevo in giro perché quando scriveva usava solo gli indici, "le mani a picchio" le chiamavo.

Decoriamo l'albero in cucina, là dove è sempre stato. Davanti zeppo di palline, dietro spoglio, come è sempre stato. E mi pare la metafora delle feste con il loro lato allegro e il loro lato triste, buio, che guarda il muro.

"Cosa regalerai a Vittoria?"

"Le ho preso una macchina fotografica, ma ho ancora tempo domani per gli ultimi acquisti."

"Com'è lei?"

"Lei è una supernova. Al suo passaggio sparge una scia di polveri luminose, una scia di rumori, canzoni, domande. La sua nemica assoluta è la noia. Vittoria non sta mai seduta, è moto perpetuo, richiesta continua, lamento. Ma anche risate, tante. Mi manca quando facevo la doccia e appoggiavo il sedere al vetro e lei dall'altra parte batteva le mani aperte per sculacciarmi. Mi manca il rumore attutito di quando cadeva di sedere col pannolino e d'istinto diceva cattiva mamma, perché non l'avevo presa al volo. O perché io potevo prendermi la colpa di ogni cosa. E poi mi manca la sua mano sotto l'ascella, lo spazio nostro che la calmava, certi bambini si toccano l'orecchio o mettono il pollice in bocca, lei invece cercava l'ascella, il luogo dell'intimità."

Sorridiamo tutti e due.

"Perché sei qui e non sei con Vittoria?"

"Questa è una domanda crudele."

"Non voglio essere crudele, ma sembra che tu ti stia nascondendo proprio da lei."

"A volte penso che il mio destino, come madre, sia amare senza essere vista. Ho la sensazione che Vic stia meglio senza di me, che ci sia qualcosa di sbagliato nel mio modo di starle vicino."

La fronte di Andrea si riempie di onde, una piccola mareggiata di rughe e pensieri.

"Ascoltami bene, Toni, perché non ho molto tempo. I figli si crescono solo in un modo: sbagliando. Nostra madre ci ha cresciuti così, facendo un sacco di errori. E tu continuerai a crescere così Vittoria. L'unica cosa che puoi fare è esserci, esserci sempre, esserci anche quando non ne hai voglia o non hai la forza, quindi trova il tuo modo di esserci e smettila di nasconderti."

Poi mi abbraccia forte e sento un vespaio all'altezza del naso. Finalmente piango. Piango tutto.

"Piangi, che le lacrime trattenute arrugginiscono il cuore."

"Non ti puoi fermare ancora?" gli dico quando ho ripreso fiato.

So che sta scuotendo la testa anche senza guardarlo.

"Sono pazza, vero?"

"No, tesoro mio, non sei pazza."

"Allora perché sei qui?"

"Non sono qui, Toni, ma che bello esserci."

16.

Due giorni a Natale.

Dal momento dell'incidente Andrea non riprese mai conoscenza. La madre aveva capito tutto dalla telefonata dell'ospedale, il padre no, il padre sperava. Il primo medico della rianimazione era giovane e gentile, parlava lentamente, guardando sempre negli occhi i parenti, elencava le costole rotte, spiegava la frattura del bacino, parlava della testa, era lì che le cose andavano peggio. Faceva il suo mestiere come gli avevano insegnato e la madre non riusciva a sopportarlo. Lo immaginava tornare a casa e addormentarsi nel suo letto soddisfatto, pensando: Oggi ho parlato con quei genitori e sono stato bravo, li ho confortati, mi sono reso utile. Invece era tutto inutile, ogni fibra di quel giovane uomo, la sua preparazione, gli occhiali che gli correggevano la miopia, ogni cosa era ininfluente, e infatti, un giorno, quel giovane dottore sarebbe diventato un vecchio dottore e poi sarebbe sparito dalla faccia della terra, come ogni altro essere del pianeta. Ecco un pensiero che confortava la madre: tutto sarebbe finito, per tutti.

Il padre ringraziava, ringraziava medici e infermieri, educato, ci teneva a lasciare un buon ricordo in ospedale, una traccia di dignità. Antonia lo riaccompagnava a casa la sera perché col buio lui non se la sentiva proprio di guidare, mentre la madre si rifiutava di lasciare il figlio, si lavava nel bagno della stanza, si assopiva sulla sedia ai piedi del letto, era distante con chi le rivolgeva la parola.

Antonia e suo padre dormirono insieme sul divano per cinque notti, con il televisore acceso, non lo decisero, non se lo dissero, ma non era possibile distendersi a letto e chiudere gli occhi. In TV un film di Bud Spencer, quando anni dopo Bud Spencer morì Antonia provò sollievo.

Scoprirono in quei giorni la dinamica dell'incidente e le sue implicazioni. Andrea era finito fuori strada a grande velocità ed era entrato nel giardino di una villetta a schiera. Si era schiantato contro un acero, dopo aver travolto la cuccia del cane. Purtroppo nella cuccia dormiva un cane, un labrador di tre anni. L'assicuratore disse che poteva andare molto peggio, poteva ammazzare una persona. Come se una persona non stesse morendo davvero. Perché Andrea stava morendo, il punto non era se, ma quando.

Quando sarebbe successo? Antonia guidava verso l'ospedale e guardava l'adesivo Corsica Ferries della vacanza di agosto con le amiche. Era mezzo staccato dal vetro ma resisteva. Quando l'adesivo lascerà il vetro e volerà via, allora Andrea se ne andrà, si diceva. Oppure si sedeva al bar davanti all'ospedale, c'era una bimba, la figlia della proprietaria, ogni giorno mostrava ai clienti abituali il dente davanti che dondolava. Quando il dente abbandonerà la gengiva, allora Andrea se ne andrà.

L'ultima notte sul divano, davanti al televisore, lo chiese al padre: quando, papà? Lui la strinse tra le braccia e glielo spiegò. Nel paese di Neraluce c'è un piccolo lago, i bambini ci fanno navigare barchette di carta che si inzuppano d'acqua e affondano ondeggiando, oppure giocano a far rimbalzare le pietre. C'è una tecnica precisa per far saltare i sassi sull'acqua, bisogna scegliere quelli piatti e levigati, soppesarli nel palmo e poi tirare in orizzontale con un leggero effetto del polso. Il piccolo Sebastiano non lo sa fare, è l'unico del gruppo. Le sue pietre sono pesanti, non volano come libellule. Una mattina, Sebastiano si sveglierà, si sentirà pronto, si alzerà, correrà al laghetto deserto e prenderà la sua pietra, la bacerà e lancerà. La pietra toccherà l'acqua, una, due, tre, quattro, cinque, sei, sette volte, prima di sprofondare in un abbraccio di cerchi concentrici. Quando l'acqua del lago tornerà perfettamente ferma, immobile, ecco, allora sarà il momento.

Accadde il mattino dopo, la madre prese la mano di Andrea, gli posò un bacio sulla fronte: "Se devi andare vai, amore mio, ma non allontanarti troppo." E il figlio, che non aveva mai chiesto il permesso per fare nulla, andò.

La natura selvaggia delle cose fa pensare alla fame, all'istinto predatorio, allo sbranare, alla sete, alla fuga, invece è selvaggio ciò che non risponde alle regole della drammaturgia, né norma né ribellione, né tragedia né commedia, né inizio né fine, al massimo cicli ripetuti. Restare in quella natura fu il modo che la madre trovò per andare avanti, non si raccontò storie, non ne raccontò agli altri, diventò diffidente rispetto alle parole, sempre di più, credeva solo alla terra, all'orto, alle ciliegie, ai cachi, ai fagiolini, alle carote, di certo non ai libri del marito. In città non ci andava mai, c'erano troppe parole e poi doveva chinarsi di continuo per raccogliere le cartacce in giro, le cicche di sigaretta, in città non c'era orizzonte e se gli occhi non corrono la testa si impigrisce. A casa, la sera, guardava vecchi film in TV per un motivo che non ammetteva nemmeno a sé stessa: in quei film erano tutti morti e lei era a suo agio solo tra piante e fantasmi.

I pellegrinaggi delle ragazze che avevano avuto una storia con Andrea erano frequenti, fisici o epistolari, mandavano lettere piene di dolore, portavano fotografie, qualche ricordo, volevano che la madre le riconoscesse, speravano nel "tu eri speciale", volevano questo. Da giovani è più facile giocare con la morte, quelle ragazze avrebbero raccontato di Andrea agli uomini futuri, piangendo a letto prima di farci l'amore o altre baggianate da film. Avrebbero scritto sul loro Myspace "chi ha subito un danno è pericoloso, perché sa che può sopravvivere" e magari qualcuna avrebbe proposto di chiamare il figlio Andrea, in ricordo di quel ragazzo morto troppo presto. Antonia detestava le pellegrine, sbandieravano la sofferenza, e dentro di sé pensava: Un giorno questo dolore ti sarà utile… a scopare di più. Lo stesso concetto era stato espresso dalla madre con parole più misurate: "Le lacrime esibite sono per i piccoli dolori."

Cesare seppe della morte in ritardo, era in viaggio in Irlanda, al suo ritorno avrebbe iniziato con la cooperativa. I telefoni cellulari non prendevano all'estero, quando lui era rientrato in Italia Andrea era già stato seppellito. Glielo disse una ragazza in un locale: "Mi dispiace per il tuo amico, eravate inseparabili." Era vero, erano sempre insieme, ma avevano smesso di vedersi ormai da un anno, dopo la questione della cocaina, non c'era stato un vero litigio, Cesare lo considerava ancora il suo amico, l'unico. Si sentiva in colpa, perché lo aveva amato tanto ma anche tanto detestato. La strafottenza e i giudizi certi, discutere non si poteva, i suoi gusti si formavano sulle certezze di Andrea, a volte si rendeva conto di guardarlo come un bambino guarda la mamma di fronte a un piatto sconosciuto. Era lui a dirgli se una canzone gli piaceva, se quel film era bello o no. L'episodio della corda, quando si calò dalla finestra, l'idea era stata di Cesare, ma non aveva avuto il coraggio di realizzarla, al contrario Andrea non conosceva esitazione e non aveva paura di nessuno.

Dopo aver saputo dell'incidente chiamò a casa Baldi. Rispose la madre e lui scoppiò in lacrime: "Non sapevo, non sapevo," continuava a ripetere, "dovete perdonarmi, non sapevo." L'amore di Antonia fu il suo perdono.

Nel giro di poco Antonia andò via di casa, dopo qualche tempo la seguì anche il padre. Non che volesse, fu obbligato, aveva resistito in apnea, cercando di fare meno rumore possibile, girando le pagine dei suoi libri come in chiesa, ma c'è un limite anche alla mancanza di spazio e in quella casa c'era spazio solo per la solitudine della madre, una solitudine metafisica.

Era stato un cattivo marito? Non sapeva darsi una risposta, non aveva tradito, aveva lavorato, aveva dato carezze e abbracci, si era occupato dei figli come gli era stato permesso da lei, che sembrava sapere sempre cosa fosse giusto o sbagliato. Se era stato un cattivo marito o un cattivo padre, era per incompetenza, certo non per volontà. I difetti, le mancanze sono in definitiva comportamenti sconsiderati non deliberati e il padre non aveva considerato di poter fare diversamente.

Da ragazzo aveva accolto la moglie nella sua vita come un mistero, senza volerla comprendere né risolvere, e lei si era lasciata amare e a tratti aveva anche amato. Solo che lui era rimasto vivo e la moglie non era interessata ai vivi, perché le persone sono come sono e basta, caos puro, è la morte a dare loro un significato.

Uscito di casa, gli toccò imparare di nuovo a camminare, nel vero senso della parola, i libri non gli spiegavano più niente. Si iscrisse al CRAL per fare escursioni di gruppo. Le prime volte se ne stava indietro, con la sciarpa sulla bocca, parlava ad Andrea, alla moglie, alla figlia, ai suoi genitori, le parole uscivano e restavano lì nella sciarpa, si raggruppavano in elenchi, confessioni, di ciò che avrebbe dovuto fare e non aveva fatto, del perché perdonarsi e della necessità di perdonare. Malediceva Andrea, poi ci faceva pace, gli sorrideva, sempre con la sciarpa davanti alla bocca. La sciarpa a un certo punto si scaldava al vapore dei sussurri, l'odore dei segreti.

"Stai pregando?" gli chiese un giorno una donna del gruppo. La donna era Alida, la Signora.

Con la casa vuota la madre era libera, non aveva più testimoni, non ne voleva. La figlia le suggeriva di continuo: "Mamma dovresti tornare a lavorare all'asilo, dovresti parlare con qualcuno, con uno psicologo."

"Ma perché?"

"Per stare meglio."

"Ma io non devo stare meglio, io non sono malata, io devo trovare il modo per occupare questo tempo che resta."

Da sola era una donna indaffarata ma non triste, cantava vecchie canzoni, aspettava che Andrea la andasse a trovare, era il suo segreto, lo sentiva al suo fianco, non l'uomo che era diventato, ma il ragazzino che era stato. Gli raccontava quello che sapeva dei fiori, gli ripeteva le capitali e gli diceva degli antenati. Disgraziato, sbottava quando non se lo sentiva più accanto, sei un disgraziato.

17.

Per Milo c'è il Natale di mamma e il Natale di papà. Per la Vigilia del Natale di mamma si va dalla nonna Anna, si festeggia con le zie e i cugini, la nonna si prepara per settimane, sceglie il menù, lo scrive su fogli di pergamena. Alle dieci si aprono i regali, poi la notte si dorme a casa di mamma. Milo deve ricordarsi di non usare l'espressione *casa di mamma* quando c'è la mamma presente, deve dire *casa mia*. Invece la casa di papà è casa di papà e basta. Intorno alle dieci del 25 arriva papà a prenderlo, mamma e papà si augurano buon Natale baciandosi sulle guance. Le sorelle di Riccardo sono in Calabria, così il Natale di papà è per loro due soli, tre anni fa hanno accettato un invito da amici, ma è stato un fallimento, si erano sentiti intrusi, guardati con sospetto, due alieni perduti sulla terra. Invece da soli è bello, aprono il regalo che hanno scelto insieme mesi prima e che ora possono scartare, è sempre un gioco da fare insieme, così fino a Capodanno sono occupati a costruire, decifrare, leggere istruzioni. Lego, puzzle, meccano non hanno mai deluso. Riccardo spegne il telefono, la TV resta accesa e fa rumore, mentre loro si concentrano, poi un film o qualche video, una partita a scacchi e si va a dormire. Ma il giorno che preferisce Milo non è il 25 e nemmeno il 24, lui ama il 23, perché 2 più 3 fa 5 che è il suo numero fortunato e poi perché gli dà l'idea che ci sia ancora tanto tempo per fare festa e per stare a casa da scuola. È come svegliarsi prima della sveglia e sapere che resta mezz'ora di coperte e di cuscino.

Questo 23 non si preannuncia dei migliori: di solito Milo rimane a casa mentre la mamma impacchetta regali, telefona alle amiche per gli auguri, ascolta la playlist Christmas per assicurarsi di entrare nello spirito giusto, oggi invece l'elfo ha imposto che si andasse alla festa delle MammeNatale. Si sono date appuntamento nelle piazze italiane per l'Antivigilia Anticinica, si tratta di un evento aperto a tutti, sono previsti reading di libri per bambini, concerti, spettacoli di giocoleria. Monica sarà una delle protagoniste, ha scelto di leggere qualche pagina di *Piccole donne*, la parte in cui le sorelle rinunciano alla propria colazione di Natale per portarla alla famiglia indigente dei vicini. Ha dovuto comprare il libro per l'occasione, ha sempre visto solo i film. È la prima volta che parla in pubblico e se ci pensa, a casa, nel suo salotto, lo stomaco le si stringe fino a farle male, una sensazione che le ricorda l'innamoramento. Quando tutto è nuovo, entusiasmante e pauroso. Quando tutto cambia. Le è capitato di scrivere a tante influencer su Instagram per complimentarsi, di ripostare stories, di condividere sui gruppi di WhatsApp stralci di video divertenti di questo o quel creator. Non le sembra possibile che ora siano gli altri a scrivere a lei, a cercare la sua attenzione, ieri una ragazza per strada l'ha riconosciuta: "Tu sei la MammaNatale! Continua così, sei tutte noi." *Noi*, ha detto.

Ha comprato un'agenda per l'anno nuovo, da bambina le piaceva inaugurare i diari, inseriva in rubrica i numeri di telefono delle zie, della nonna, delle compagne più care e poi aggiungeva cuori, stelline, stampini. Dopo lasciava l'agenda nel cassetto e se la dimenticava. L'agenda nuova ha già sette appuntamenti segnati per gennaio. L'incontro per discutere il progetto del libro è sottolineato con l'evidenziatore, la casa editrice le ha preannunciato che MammeNatale, per quanto divertente, non è un nome adatto al collettivo perché rimanda a un periodo preciso e la gente ad agosto non ascolta Michael Bublé. Dovranno allargare il campo e potranno scegliere se avere un ghostwriter o occuparsi da sole del contenuto.

A lei è suonato come un mezzo insulto, se firmo io scrivo io, ha pensato annuendo in videochat. Ma ci rifletterà, che poi il collettivo è una sua idea, le altre del gruppo, a parte un paio di nomi più noti che saranno utili per la promozione, per fare rete, si sono unite in questa fase, ma non è detto che ci saranno in futuro. Ha bisogno di un agente, di questo ha bisogno, qualcuno che curi i suoi interessi. È il suo progetto, la sua occasione. Non fosse per Quello lì, così chiama l'ex marito dopo la piazzata per la foto di Milo.

Si sono sentiti solo al telefono. "Ti stai rendendo ridicola," le ha detto, "sei ridicola tu e questa ostensione del figlio." Monica ha tentato di ribattere che le foto dei figli sui social ormai sono la norma, che Milo è un nativo digitale e che è assurdo aver paura dei pedofili, i pedofili ci sono anche al parco. Lui non ci ha più visto: "Non ho paura dei pedofili, ho paura di te, del fotoromanzo che stai tirando fuori sul niente. Se non la smetti con questa storia scriverò io una lettera ai giornali, come padre di Milo." E ha chiuso la telefonata, uno a zero per lui.

Se Riccardo e Monica avessero avuto la terapeuta di Toni avrebbero faticato a scrivere l'elenco dei pregi l'uno dell'altra. C'è da dire che Riccardo non avrebbe mai accettato di andare in terapia. Ma se dovessero chiedergli un compendio di pregi della madre di suo figlio, dopo lunga riflessione, direbbe che Monica è determinata, che ha caviglie sottili, un senso critico pungente, un'invincibile capacità organizzativa. Monica di Riccardo direbbe che non l'ha mai dovuto riprendere per la tavoletta alzata.

Naturalmente c'è un ma per ognuno dei pregi. Monica è determinata al limite del petulante; le sue caviglie sono sottili ma non ha nessuna grazia nel camminare; è dotata di un senso critico pungente che però usa solo sugli altri; organizza tutto nel minimo particolare ma questo rende ogni vacanza, cena o gita in sua compagnia un tour de force. Riccardo non è mai stato ripreso per la tavoletta alzata perché fa pipì seduto, pratica che Monica considera sospetta e poco virile.

La minaccia di Riccardo di mandare una lettera ai giornali non sa bene come prenderla. L'ha soppesata, ne ha considerato le proporzioni, certo se lui la screditasse, se la accusasse apertamente di narcisismo, se smentisse il piccolo trauma di Milo, sarebbe orribile, ma le darebbe modo di parlare della difficoltà di essere una madre separata e di raggiungere tante donne come lei. Donne che si ritrovano a far fronte a ogni incombenza per lasciare all'ex il compito del divertente padre part-time, donne che guardano alle vacanze con angoscia perché con le famiglie degli amici si sentono fuori posto e da sole con un figlio piccolo non sono vacanze. Donne che come lei trascorrono le sere con il cellulare in mano a guardare l'effetto del pilates da parete sui sederi di altre, perché non hanno tempo per fare niente e quando hanno tempo non hanno niente da fare.

D'altro canto Riccardo è un ottimo avvocato di sé stesso e vederlo arrabbiato, davvero arrabbiato, non è una bella esperienza. Soprattutto se tira fuori la voce. Riccardo che fa la voce è come Alien che apre la bocca per far urlare un altro Alien interiore. Monica non la vuole sentire quella voce, è per questo che soppesa la minaccia con attenzione, ci ripenserà, ma non ora, tra poco le sorelle March devono fare la loro buona azione natalizia e portare la colazione alla bisognosa famiglia Hummel davanti al pubblico dell'Antivigilia Anticinica.

La manifestazione ha bloccato il centro della città, il pullman che sta portando Claudio da sua figlia fa un tragitto diverso, Claudio si agita, non sopporta i fuori programma e non è più abituato a muoversi da solo, ma Alida è dalla sorella e tornerà domani. Claudio è un tipo ansioso, lo è sempre stato, sua moglie diceva che l'ansia è la paura della paura. Sua moglie diceva poche cose molto precise, non sempre aveva ragione, in questo caso sì. Claudio convive con la paura della paura da sempre.

Il pullman non è di linea, è un extraurbano, semivuoto, una volta Claudio avrebbe avuto bisogno di un libro per ingannare l'attesa, ora invece guarda fuori. Non fa più freddo come un tempo, se ne dispiace, l'inverno è la sua stagione preferita. Davanti a lui c'è una ragazza orientale, al suo fianco una bambina, due anni al massimo. La ragazza, che della bimba è la mamma, dorme, ma la piccola resta seduta, compita, con le mani in grembo, guarda avanti. Una piccola divinità che lo commuove. La fregatura di invecchiare è che le lacrime non sono più collaborative, le sue fanno come vogliono, tutto è eco di un altrove, tutto è struggimento. I suoi occhi sono lucidi perché i ricordi vanno lucidati. Eppure è contento di essere vecchio, di essere inutile, non ci trova niente di male, anche la poesia è inutile e, come lui, è per pochi. Poi lui è stato fortunato perché ha trovato Alida, la sua anima sentinella la chiama, non ha più l'età per l'anima gemella. Lei gli è vicinissima anche a distanza, gli guarda le spalle, si prende cura del suo sonno, della sua veglia, parla, Alida, parla continuamente, parole inutili anche loro, che le scoppiettano intorno e va bene così per uno che ha temuto di morire di silenzio.

Al paese c'è odore di novena, non lo sentiva da tanto, in città è un odore estinto, si rintana in provincia, un misto di legna, freddo umido, muschio e nebbia. Davanti alla casa è parcheggiata la Dacia di Antonia, le finestre sono illuminate, deve suonare più volte al campanello per farsi aprire, sono papà, dice. Si abbracciano sulla porta. Antonia è felice di vederlo, era al tavolo a disegnare, la lampada lancia un riflesso giallognolo sulla tovaglia di plastica, la TV è accesa su un programma di cucina, sopra i vestiti indossa un cardigan infeltrito. Ferma al tavolo, quando disegna, ha freddo.

"Sei solo! Come sei arrivato?"

"In pullman, non sai che traffico, io odio il traffico."

"Di qualunque tipo, lo so."

Il padre gli chiede cosa sta disegnando, scarabocchi dice lei, ha intenzione di prendersi una pausa da Ottavia.

"Alida mi ha detto di dirti che ha scritto un post per difenderti."

"Ringraziala, lo apprezzo molto." Sicuramente cambierà le mie sorti il post di Alida ai suoi sessantaquattro amici di Facebook, Antonia lo pensa ma non lo dice.

"Abbiamo provato a chiamarti, eravamo preoccupati."

"Lo so, scusami, dovevo staccare."

Claudio si siede al suo posto della tavola, quello più vicino alla finestra.

"Passerà, sai, dopo Natale nessuno avrà più voglia di parlarne. Oggi i telegiornali erano tutti concentrati su quel rapper che ha fatto tatuare il cane della sua fidanzata per vendetta."

"Quale rapper?"

"Ha un nome tipo Jekyll."

"DJ Hyde?" Antonia prova a interpretare le associazioni mentali del padre.

"Lui, brava! Questo DJ Hyde ha scoperto la fidanzata con un altro e ha deciso di far scrivere *son of a bitch* sulla pancia del barboncino di lei."

"Un tatuaggio troppo da duro per un barboncino."

Tutti e due faticano a restare seri.

"Gli animalisti sono inferociti perché il tatuatore ha dovuto sedare la bestiola che si agitava troppo. DJ Hyde l'ha fatta grossa, più grossa di te." Claudio è felice di aver fatto sorridere la figlia.

"Allora, papà, c'è solo da sperare che il pelo non ricresca troppo velocemente."

Claudio annuisce, mentre liscia la tovaglia di plastica con il palmo della mano per togliere delle briciole inesistenti. Conosce quella tovaglia, la accarezza come una vecchia amica. La casa non è cambiata, all'arredamento di legno scuro si è aggiunta solo una poltrona bianca che si regola col telecomando, l'ha comprata Antonia per aiutare la madre ad alzarsi senza sforzo. Ora ci si è acciambellato Gerundio.

Quando Claudio ha chiesto ad Alida di trasferirsi nel suo appartamento, lei l'ha portato da Ikea, ha comprato tanti piccoli specchi anticati da appendere in salotto, cuscini ornamentali e una libreria con le ante per alleggerire l'effetto a parete di tutti quei volumi. Ha fatto decapare lo scrittoio e l'armadio dei nonni, unici pezzi che il padre si era portato via nella separazione. Ora il salotto di Claudio sembra un locale per il brunch in stile danese. Alida pensa di avere gusto, tutti in fondo pensano di avere gusto. La madre di Antonia no, lei diceva che chi non è ricco deve scegliere tra avere una bella casa in un brutto posto o una brutta casa in un bel posto e lei aveva scelto la seconda. Un bel posto era in mezzo alla natura, con un buio buio di notte e le lucciole d'estate e l'odore di novena a Natale.

Anche l'abbigliamento di Claudio è cambiato, i pantaloni sono più corti e attillati di un tempo. Antonia all'inizio rideva delle piccole metamorfosi del padre, i capelli più curati, una nuova montatura di occhiali, poi ha smesso di ridere. Era come ascoltare due che fanno l'amore dall'altra parte del muro, ti viene da prenderli in giro, ma poi ti rendi conto che loro sono in due e si stanno divertendo, tu sei solo e non stai nemmeno dormendo.

Suo padre era diventato un cretino? si era domandata Antonia, e si era risposta che ci si innamora solo così, come cretini. Almeno era allegro e soprattutto era vivo, a differenza del resto della sua famiglia. Borbottava, è vero, borbottava per le chiavi che non aprivano le porte, si lamentava del traffico, della gente che non rispettava la fila, della gente col cane, "ormai ci sono più cani che cristiani, se ci fosse stata la pandemia dei cani la gente sarebbe impazzita, meno male che sono morti solo i vecchi". Era un nonno affettuoso, si prendeva cura della figlia attraverso la nipote, così si fa tra adulti.

"Volevo parlarti del tuo invito."

"Non venite, vero?" Antonia è delusa.

"Ormai è una specie di tradizione, lo sai."

Da qualche anno Claudio e Alida fanno quello che tutti dicono di desiderare ma poi per pudore nessuno fa mai: partono il 24 dicembre per non doversi dividere tra parenti o, peggio, intristirsi di bilanci. Le feste non piacciono a nessuno dei due, così hanno deciso di prendersi una vacanza dalla festa e partire, solo loro. Alida l'ha iniziato allo sci di fondo e a Claudio piace, in montagna si concede un po' di vino, ma non il formaggio perché il colesterolo è alto. È così bello poter pensare al proprio colesterolo senza sentirsi in colpa.

"Capisco."

"Però sei arrabbiata."

"Non sono arrabbiata, sono triste."

"Mi dispiace sentirlo."

Tacciono un secondo, poi Antonia non si trattiene e lo dice: "Papà, perché hai portato Alida al funerale?"

"Mi dispiace sentire anche questo," sospira lui. "La morte della mamma non è solo cosa tua, non hai l'esclusiva del dolore, la mamma era mia moglie. Alida è la mia compagna ed è venuta per me, per sostenermi. Mi dispiace che tu l'abbia trovato inopportuno, la mamma era la persona con cui ho scelto di vivere tanti anni fa, Alida è la persona con cui, se tutto andrà come deve andare, ho scelto di morire."

È risoluto e quando smette di parlare Antonia sa che non dovranno più tornare sull'argomento.

"Hai ragione, papà, scusami."

"Non ti devi scusare."

Claudio si alza, prende in braccio Gerundio e si siede al suo posto sulla poltrona, non osa metterla in moto, una diavoleria, resta seduto come dal dentista. È Antonia a spingere un pulsante e a farlo stendere più comodo.

"L'hai visto di nuovo, come quell'estate?" le chiede a occhi chiusi. Accarezza il gatto piano, dalla testa fino alla punta della coda.

Antonia non risponde, ma annuisce.

Il padre aggiunge senza aprire gli occhi: "Da me non viene." Ha la voce rassegnata, non triste.

Antonia pensa che lei e suo padre sono gli ultimi due invitati a una festa che si sono attardati e non hanno voglia di andare a casa.

"Ti andrebbe un film di Natale, nel lettone?" gli propone, certa che risponderà di no. Il padre, a domanda diretta, risponde sempre di no, poi al massimo dopo averci riflettuto su cambia idea.

"Poi mi riaccompagni fino alla fermata del pullman?"

"Certo che ti riaccompagno."

"Allora sì."

Vanno in camera della mamma, che era anche del padre. Si stendono sul letto e mettono *Tutti insieme appassionatamente* nel vecchio lettore DVD. Antonia si addormenta due volte, il padre si commuove tre. Quando arrivano i titoli di coda il padre si alza, va a fare pipì e poi ritorna da lei. Ha un mucchietto di fogli con sé.

"È il tuo regalo."

"Non dovevi, io non ti ho preso niente."

"Io non ho bisogno di niente infatti."

Antonia prende i fogli, sono email stampate.

"Qualche mese fa Vittoria mi ha chiesto di correggerle delle lettere che scriveva a Babbo Natale, pensavo a un compito per scuola. Mi ha fatto giurare di non dire niente a nessuno e così è stato."

"Me lo ha raccontato Cesare ieri, credeva fossi io Babbo Natale."

"Gliele scriveva la mamma."

"La mamma?"

"Ne sono certo."

"Come fai a dirlo?"

"Ci sono episodi che poteva sapere solo lei, cose di te soprattutto. Di quando eri bambina. Leggile e poi mi dirai."

Antonia piega i fogli e dà un bacio al padre. Lo ringrazia: "È un regalo bellissimo."

"Pare che Vittoria per Natale voglia un lazo e la torre di Pisa, l'ha scritto."

Antonia ride. "Farò il possibile."

Rovaniemi, 2 settembre

Cara Vittoria,

questa che leggerai è la mia ultima letterina, dovrò dedicarmi ai preparativi del Natale, finita l'estate bisogna portarsi avanti. Le ultime lettere sono le più difficili, vorrei metterci dentro tutto. Mi limiterò a scriverla con tanto amore e a farti qualche raccomandazione.

Tra poco la nonna non ci sarà più, non ti disperare quando succederà, lei è contenta di andare, ha chi l'aspetta da tanto tempo. Si dice che quando si muore si diventa cenere o polvere, lei vorrebbe essere farina, farina con cui impastare i tuoi ricordi, oppure polline che turbina a primavera. La nonna se ne andrà, è vero, ma tra poco nascerà la tua sorellina, tu devi averne cura, proteggerla: una sorella è il miglior regalo che tu possa ricevere, un regalo che fa impallidire quelli che porto io. I migliori regali non sono mai cose, piccola grande Vittoria. Lei crederà in te, tutti noi crediamo in te, ti aspetta una vita felice.

Hai presente il gioco delle sedie? Ce n'è sempre una meno dei partecipanti. I partecipanti girano in tondo mentre la musica va. Quando la musica smette tutti corrono ad accaparrarsi la propria sedia, rubandola agli altri, perché chi resta senza sedia è fuori dal gioco. La maggioranza della gente pensa alla felicità come a quella sedia, un quadratino di legno su cui piazzarti e sei a posto, almeno fino al prossimo giro. Non è così. Ascolta me, quando parte la musica e tutti girano intorno come pecore, tu mettiti in un angolo, goditi la musica e balla.

Tutto il bene a te, bambina magica.
Per sempre tuo,

Babbo Natale

18.

Un giorno a Natale.

"Il corpo sa, il corpo fa." Cesare lo ripete a Eleonor, Eleonor risponde: "*Shut up! Shut up!*" Il suo corpo non sa niente e se fa qualcosa sbaglia perché sente solo dolore, tutto quello che ha letto sul parto è una truffa, ci deve essere un accordo, ci deve essere una strategia studiata a tavolino, ci deve essere un marketing della maternità, un complotto, perché se dicessero la verità nessuno farebbe più figli. Questo pensa Eleonor e urla che qualcuno le porti un antidolorifico. "Fa male alla bambina," dice Cesare. "Non mi frega un cazzo della bambina!" risponde lei, alternando le parolacce in italiano alle parolacce in inglese e in finlandese. Quando dall'italiano passa al finlandese a Cesare ricorda il nano di *Twin Peaks* che parla al contrario, gli viene da ridere, ma non deve ridere. L'ostetrica è arrivata in dieci minuti, nonostante sia il 24 dicembre, l'ha visitata, ha appena iniziato a dilatarsi, ci vorranno ore per essere pronti alla fase espulsiva. "Ma io *muoro*!" Eleonor è disperata. Cesare non l'ha mai vista piangere in questo modo, di solito singhiozza piano, è sexy con il broncio e i capelli a coprire il viso, ora è posseduta, produce dei gorgoglii demoniaci.

Vittoria intanto si è rintanata sotto il tavolo della cucina, abbracciata a Gen, hanno paura tutti e due, è allora che Cesare chiama Antonia. "È il momento, vieni a prendere Vic, mi sa che nasce oggi."

Quando arriva, Antonia suona il clacson due volte per non disturbare, non succede niente, allora chiama Cesare al cellulare ma niente anche lì, così citofona e le viene aperto, non vorrebbe salire, vorrebbe che Vittoria scendesse ma non sa a chi dirlo, al citofono non risponde nessuno. Prende le scale. Sente urlare da fuori: "Manda via la stronza!" La erre di *stronza* devia verso la elle, chi urla ha un accento straniero. Entra, segue le grida, intuisce che la stronza deve essere la donna che sta cercando di convincere Eleonor a fare un bagno caldo. Cesare è in piedi, fermo, si gira verso Antonia e Antonia si sente padre Karras in una scena dell'*Esorcista*, nessuno nella stanza sembra sapere cosa fare, deve prendere lei in mano la situazione.

"Io *muoro*! Non *vojio* fare bagno," urla l'indemoniata.

"No che non vuoi fare il bagno, stai morendo, chi vorrebbe fare il bagno, mica sei Marat." Antonia parla piano, scandendo bene ogni sillaba. La fidanzata del suo ex è stravolta, i lineamenti del viso sono confusi dalla smorfia di dolore, i capelli biondi restano appiccicati alle guance, il muco scende dal naso e lei se lo sparge a sinistra e a destra con il dorso della mano. Antonia stacca un bel pezzo di carta igienica, lo ripiega e glielo porge. Eleonor lo afferra come un animale affamato prenderebbe un pezzo di cibo.

"Mi fa *malooo*," guaisce.

"Lo so che ti fa male. Fa malissimo, non male."

"Diglielo a lui che fa *malo*," si lamenta Eleonor puntando il dito su Cesare.

"Gliel'ho detto tante volte, credimi."

Eleonor fa due passi verso Antonia e la abbraccia, la grande pancia si appoggia sul cappotto. Antonia ha tenuto le scarpe, sa che in quella casa le scarpe vanno lasciate all'ingresso, ma ora dei microbi non importa a nessuno. Eleonor sa di pianto,

Antonia conosce l'odore, assomiglia a quello di sua figlia dopo una crisi di disperazione, l'alito pesante di urla e di parole pronunciate per ferire.

"Io ti odio," dice Eleonor.

"Lo so, lo so, tesoro, ti odio anche io," e le massaggia la schiena con la mano destra, in cerchi concentrici.

"In foto sembri più vecchia."

"Tu in foto non sei coperta di bava e muco."

"Ho paura."

"Fa paura."

"Non ce la faccio."

"E invece sì. Sembra impossibile finché non lo hai fatto."

Antonia e il suo cappotto, Eleonor e la sua camicia da notte stanno in piedi, allacciate, a dirsi cose all'orecchio, fin quando arriva Vittoria e si unisce, abbraccia Antonia da dietro. "Mamma," annuncia, è una constatazione o una visione. Antonia tocca la figlia con la mano sinistra, senza guardarla, poi appoggia le labbra sulla fronte bagnata di Eleonor, non si capisce se è per controllarle la febbre o per darle un bacio.

"Adesso noi andiamo, ma nessuno farà il bagno a nessuno."

L'ostetrica dice sì, niente bagno. Vittoria salta sulle spalle di Antonia, *quanto pesi, figlia mia*. Escono in corridoio barcollando, la nonna chiamava quella posizione sacco-ceci, che è come i soldati illesi portano i compagni feriti via dal campo di battaglia. Recuperano uno zaino e un giaccone e sono pronte per andare. Cesare le accompagna. "Buon Natale, scimmietta," dice alla figlia. "Grazie," dice ad Antonia. "Davvero."

Quando sono per strada Antonia si china sulla figlia.

"Mi sei mancata tanto," le dice.

"Tu no," risponde Vittoria e poi aggiunge: "Perché io sento sempre la farfalla della tua voce."

"Cos'è la farfalla della mia voce?"

"Non ci sei, ma sei lì, mi sussurri all'orecchio, però nella pancia."

"E cosa ti sussurro?"

"*Così no*, oppure *così sì. Stai attenta*," Vittoria parla pianissimo.

"La farfalla della mia voce," ripete Antonia.

"Sì," risponde scocciata Vittoria, non le piace ripetere le cose.

"Io sento quella di mio fratello ogni tanto."

"Dello zio Ulisse?"

"Sì."

"E cosa ti dice?"

"Mi dice che andrà tutto bene."

Se ne vanno per strada immerse in una rara pozza di sole, un'ombra più grande e una più piccola, meridiane che segnano il loro tempo, un tempo che è lì da sempre.

Vittoria è allegra, stringe la mano della madre con forza, appoggiandosi ogni volta che fa un saltello, per darsi lo slancio. In un giorno qualunque Antonia le direbbe di camminare bene, non oggi. C'è un supermercato vicino a casa di Cesare ne approfittano per fare la spesa.

"Muore sul serio?"

"Ma chi?"

"Eleonor, muore davvero?"

"No, amore, non muore, deve solo far nascere tua sorella che è una cosa molto faticosa e molto dolorosa."

"Io ho visto come nascono i bambini."

"E dove l'hai visto?"

"Ho visto un video."

"Fa impressione, vero?"

"Fa strano. La testa del bambino esce da lì, piano piano, come quando soffi una bolla di sapone. Cioè prima piano piano e poi tutto insieme."

"Be', è molto poetico, Vic, hai fatto una metafora."

"Una metafora?"

"Sì, stai dicendo che le persone sono bolle di sapone, perfette ma fragili."

Vittoria alza le spalle. Il supermercato è pieno di gente, lei è l'addetta al carrello, le piace infilare l'euro nella fessura. Tra i capelli ha graziose treccine.

"Come sta Gero?" chiede mentre attraversa il tornello.

"Sta bene, è a casa di nonna."

"Nonna è tornata?"

"In che senso?" Antonia non capisce la domanda.

"Hai detto che è con nonna."

"Ho detto che è a casa di nonna, nonna è morta."

"Ma sì, che ne so io? Magari tornava."

In un altro giorno, in un'altra situazione, Antonia le avrebbe detto di ragionare prima di parlare. Oggi no. Ripete solo *magari tornava*. Arrivano alla zona frutta e verdura.

"Ti piace l'idea di avere una sorella?"

Soppesano gli avocado, Antonia non capisce gli avocado, hanno un saporaccio, però alla figlia piacciono.

"Non lo so, vediamo com'è. Se è simpatica sì. A te piaceva avere un fratello?"

"Mi piaceva mio fratello."

"Perché ti piaceva?"

"Perché era simpatico. Mi piaceva la sua voce e mi piaceva che litigasse con me ma che con gli altri mi difendesse, mi piaceva come faceva ridere la nonna, mi piacevano le sue mani quando si arrampicava e se c'era qualcosa di pericoloso da fare mi piaceva che andasse per primo."

"Però la nonna mi ha raccontato che anche tu hai fatto una cosa pericolosa."

"Io?"

"Sì, quando ero piccola, ti sei arrampicata fino al primo piano perché si era chiusa la porta e io ero dentro e avevi paura che io cadessi dal terrazzo."

"Te l'ha detto la nonna?"

Antonia mette pacchi di pasta nel carrello, a Vittoria piacciono le farfalle, come resistono sotto i denti nel punto al centro.

"Sì e mi ha detto che io ridevo ed ero tutta cagata."

Antonia, un'altra volta, in un'altra occasione, avrebbe corretto la parolaccia, ma non oggi.

"Eri tutta cagata, sì, me lo ricordo bene."

Vittoria spinge il carrello appoggiando la vita sulla barra del manico e alzando i piedi da terra.

"Però la nonna si sbagliava," aggiunge Antonia.

"Perché?"

"Perché la cosa più spericolata che ho fatto sei tu."

La bambina si apre in un grande sorriso e si spinge via, al largo da sua madre. Quando si riavvicina, Antonia continua con le domande.

"Ci sono stati problemi a scuola, dopo la cosa che ho detto allo spettacolo?"

"Niente di che, ma la mamma di Alice dice che sei una disadattata."

"La mamma di Alice? Quella che mi aveva chiesto di fare l'animatrice alla festa di sua figlia e disegnare Ottavia a tutte le invitate?"

"Lei, sì."

"Mi sa che si è offesa perché non ho accettato."

"Mi sa di sì, Alice poi non mi ha invitato alla festa."

"Allora forse non siamo disadattate, non siamo adatte alla mamma di Alice e ad Alice."

Passano vicino a una piramide di mandarini in sacchetto, Vittoria ne tira su uno prendendolo per l'etichetta come se sollevasse un coniglio dalle orecchie.

"Posso?"

Il sì stupito della madre è accolto con un gridolino di gioia. Si mettono in fila alla cassa.

"Sai quando ero bambina la nonna dimenticava sempre qualcosa e all'ultimo mi mollava alla cassa con il carrello da sola. Io mi agitavo subito perché avevo paura che mi lasciasse lì e in quel caso non avrei avuto i soldi per pagare."

"Perché ti avrebbe dovuto lasciare lì?"

"Non lo so, è irrazionale."

"Allora se hai dimenticato qualcosa mandi me che tanto non posso scappare, e poi non ho i soldi."

"Una proposta molto sensata, grazie."

In auto Vittoria sguscia sul sedile posteriore, dove c'è il suo rialzino e allaccia la cintura di sicurezza. Odia non potersi sedere come i grandi. Scrive VITTORIA con il dito sul vetro appannato.

"Cosa facciamo domani?"

"Apriamo i regali, aspettiamo che nasca tua sorella. Poi verranno a pranzo la mia agente e suo marito, e nel pomeriggio dovrò fare una cosa alla TV per scusarmi con tutti."

"Proprio un Natale in famiglia..."

"Chi ti ha insegnato a essere così sarcastica?"

"Non sono io ad aver detto che Babbo Natale non esiste, eh."

Antonia guarda la figlia nello specchietto retrovisore e sorride. "Tu cosa pensi di tutta questa storia del teatro?"

"Che sei una bugiardona."

"Una bugiardona?"

"Sì ma non ti offendere."

"Hai voglia di spiegarmi?" Antonia abbassa la radio per ascoltare meglio.

"La presentatrice ti ha chiesto di dire che Babbo Natale non porta i regali a chi non fa il bravo e tu hai risposto che i bambini non devono preoccuparsi di fare i bravi… perché Babbo Natale non esiste."

"Pare sia andata proprio così."

"Ecco, secondo me hai detto una bugia buona per far stare tranquilli i bambini del pubblico. In realtà Babbo Natale esiste, sono i bambini cattivi che non esistono."

Vittoria cerca di allentarsi la cintura di sicurezza, le sembra di essere imbalsamata mentre lei vorrebbe muoversi insieme alle sue parole, per spiegarsi con tutto il corpo. Basta un'occhiataccia di Antonia e torna a mettersi composta, in uno sbuffo di disappunto.

"Sei davvero sveglia, sai?"

"Certo che lo so."

"Le fai anche a me le trecce a casa?"

"Non sei un po' vecchia per le treccine?"

Antonia porta una mano al petto, colpita al cuore, ma tira fuori la voce allegra: "Meno male che siamo arrivate, altrimenti ti avrei fatto scendere." Parcheggia e si ferma a recuperare la spesa dal bagagliaio, Vittoria corre verso l'ingresso, come se potesse entrare senza dover aspettare la madre. Lo fa sempre. "Mamma, c'è una busta per te!" urla.

Antonia arriva con la spesa e le chiavi in mano, prende la busta, è una lettera.

"È da R.P. Chi sarà secondo te, Vic?"

"R.P. Ranocchio Principe!"

"Ranocchio di nome, Principe di cognome?"

"No, il contrario Principe di nome e Ranocchio di cognome."

"Sì, deve essere proprio lui," dice Antonia.

"Non la leggi?"

"Magari la apro a mezzanotte."

A pranzo mangiano pane, salame e formaggio, una fetta di salame la danno anche a Gerundio. Nel pomeriggio Antonia mette sul fuoco il ragù per il giorno dopo e disegna al tavolo della cucina, mentre Vittoria le fa le treccine al nido, è così che chiama i capelli di sua madre: il nido. Ascoltano musica dal computer, scelgono una canzone a testa, chiacchierano. La tavola a cui sta lavorando Antonia è un bambino bolla di sapone, la cui pelle riflette il cielo e le nuvole, una donna lo ha appena soffiato nel mondo proprio come ha detto la figlia. Sarà il suo regalo per la nascita della bambina.

Quando decidono di mettersi a tavola per cenare il telefono squilla. Sul display compare SIMONA BUONANNO.

"Tesoro, ciao!" dice Simona e prima che Antonia possa ricambiare il saluto la investe: "Vuoi la notizia buona o quella cattiva?"

"Oddio, Simona, mi spaventi sempre quando inizi così."

"Buona o cattiva?"

"Cattiva."

"Mi hanno scritto dalla redazione, è saltato il nostro intervento di domani, sono nati i sette bambini della coppia abruzzese, tutti sani, fanno la diretta dall'ospedale."

"Cavolo, sette bambini?"

"Naturali, eh, niente inseminazione, ma mi hanno sentito, ho urlato con tutta la voce che ho in corpo."

"Contro i genitori abruzzesi?"

"Ma no, contro quelli dello speciale, all'autrice ho detto che sono degli incompetenti, che mancano totalmente di professionalità."

"Ho capito. Vai con la buona."

"Mi ha contattata stamattina la Lucciola Intermittente, Monica, mi ha chiesto se voglio rappresentarla."

Antonia tace.

"Se mi dici di non farlo, naturalmente non lo faccio, però per te sarebbe perfetto, con il nuovo anno se foste nella stessa scuderia si spegnerebbe questa assurda guerra, potrei portare le MammeNatale con Graffianti, avervi tutte nello stesso catalogo sarebbe la perfetta conciliazione."

Antonia gira il ragù.

"Ti ho chiamata subito perché non voglio che ci siano ombre tra noi, a Natale poi."

"No, certo, a Natale poi."

"Sai, Monica è una donna molto intelligente, sarebbe disposta a fare una diretta insieme, dove vi riappacificate, non è davvero arrabbiata con te, le ho spiegato quanto tu sia speciale."

"Gentile da parte sua e anche da parte tua."

"Mi ha detto che si è informata e che sono la migliore."

"Tu sei sicuramente la migliore, Simona."

"Sono così contenta che tu abbia capito. Allora, visto che non c'è la diretta, non vi disturbiamo domani."

"Non venite?"

"Oddio, se ci rimani male veniamo, ma era per voi, magari volevate stare in famiglia."

"Sì, sì, va benissimo." Antonia teme di aver tradito un eccesso di entusiasmo.

"Allora Buon Natale, Toni, sono tanto felice che tu abbia capito."

"Fai gli auguri a Luigi da parte mia."

"Certo e tu alla tua bella famiglia," e attacca.

Vittoria si avvicina ai fornelli, Antonia la allontana d'istinto.

"Chi era?"

"La mia agente. Non vengono a pranzo."

"Quindi il ragù ce lo mangiamo stasera?"

"Con gli gnocchi."

"Evviva!" Vittoria fa una piroetta e si lascia cadere sulla poltrona reclinabile, gioca con lo schienale, lo manda su e giù con il telecomando.

"Questa possiamo portacela a casa? La vorrei per la mia camera."

Antonia fa sì con la testa.
"Ti manca?"
"La nonna?"
"Sì."
"Qualche volta."
"Quando?"
"Tipo quando mangio il minestrone."
"Tu odi il minestrone."
"Sì, ma la nonna faceva il minestrone con le sue verdure e io dovevo salvare i fagioli che annegavano e metterli sul bordo del piatto e poi ci pensava lei a mangiarli."
"Faceva lo stesso gioco anche con me, da bambina."
"Anche a te facevano schifo i fagioli?"
"Non si dice schifo, si dice non mi piace..."
"Magari a te non piacevano, ma credimi a me fanno proprio schifo, come i cachi, anche loro mi fanno schifo, sembra di mangiare il catarro."
"Che schifo, Vittoria!" Antonia fa una smorfia di disgusto che si trasforma in una risata per essere caduta nel tranello della figlia.

Dopo apparecchiano con cura, Vittoria vuole accendere delle candele e spegnere le luci, come al ristorante, dice, il tocco di classe è un cucchiaino orizzontale tra piatto e bicchiere che servirà per il dessert. Hanno comprato tre budini al cioccolato come quelli della scuola, non li mangeranno direttamente dalla confezione, li rovesceranno su piccoli piattini dal bordo dorato, quelli del servizio buono. Uno per Antonia, uno per Vittoria e uno per Babbo Natale, se lo troverà accanto all'albero insieme a un mandarino per rifocillarsi dopo aver lasciato i regali.

Vittoria insiste per andare a letto presto. "Prima mi addormento e prima lui arriva," dice alla madre.

Mentre la figlia si lava i denti, Antonia controlla tra le chat archiviate. C'è un nuovo messaggio di Cesare. La foto di una neonata con tre lettere di testo: *Ada*. Gli occhi di Antonia si riempiono di lacrime.

"Hai una sorella," dice. "Papà ha mandato la foto."

"Fammi vedere, fammi vedere." Vittoria corre con lo spazzolino ancora in mano.

"Oddio che occhi strani, sono tutti gonfi, sembrano due culi."

"Poverina, è solo un po' malconcia, ha faticato anche lei."

"No, mamma, sembra un calamaro."

Antonia ride.

"La testa a volte è un po' allungata per via dello spazio piccolo che deve attraversare, diamole tempo."

"Ok."

"Si chiama Ada."

"Come la nonna! Gliel'ho chiesto io a papà e a Eleonor di chiamarla come la nonna."

Antonia pulisce una piccola macchia di dentifricio dalle labbra della figlia, le accarezza il viso, le tiene una guancia in un palmo, la contiene.

"Va a finire che Babbo Natale sei tu."

La sera Vittoria si addormenta presto, nel lettone, con Gero tra le gambe. È allora che Antonia legge la lettera di Ranocchio Principe.

Antonia,

il tuo nome mi piace moltissimo, è forte e antico, è un nome maschile che tu porti bene come i cappotti che ti ho visto addosso. Mi dispiace non averti detto di Monica, ma non ti ho contattata per usarti contro la mia ex moglie, anche se usare è un termine bistrattato, io in effetti penso all'amore come a qualcosa di utile. Non sto dicendo che ti amo, non sono pazzo, però non ti nascondo che ne avrei tutte le intenzioni.

Quindi questa non è una dichiarazione d'amore, ma una di-

chiarazione di intenti. È tutto il romanticismo che può concedersi un avvocato.

Rispetto al disconoscimento non posso purtroppo restituirti la prima e nemmeno la seconda volta che ti ho presa, la seconda soprattutto l'ho sgualcita col pensiero, temo che sia irriconoscibile, l'ho modificata, mi sono fatto più bello di quello che sono, più forte e più alto, tu invece sei uguale, perché sei giusta così. La cena posso ridartela indietro nel ristorante che preferisci, invece le due ore passate in palestra, quelle le ha tenute Nicola che oggi mi ha dato del testa di culo per non averti riportata da lui. Mostra a tutti il tuo disegno, abbiamo parlato di te, mi ha detto: "Se sei incerto, tieni aperto," che in gergo motociclistico vuol dire vai, prova il tutto per tutto ed è quello che sto facendo. Testa di culo forse lo sono davvero.

Dammi una possibilità, a qualcosa saranno pur serviti tutti questi errori. Monica, lei capirà e se non capirà dovrà farsene farà una ragione. Io non ho comunque intenzione di darle quello che cerca: dei nemici. Sono stanco della battaglia, ho voglia di perdere.

Cara Antonia, ci siamo conosciuti un giovedì di dicembre, a giugno vorrei che fossimo insieme a mangiare ciliegie.

19.

Natale.

“Ti chiami Milo davvero?”

La bambina si è tolta le scarpe, le piace farlo quando è in auto. Il bambino abbraccia uno zaino. Tra di loro c’è un trasportino dove il gatto si sta addormentando, fa le fusa. Sopra il trasportino è appoggiato un lazo bianco che a un occhio poco attento potrebbe sembrare una semplice corda attorcigliata su sé stessa.

“Sì.”

“Ma è il diminutivo di Milhouse dei *Simpson*?”

“No, è il nome di mio nonno.”

“Io posso chiamarti Milhouse quando non ci sente nessuno?”

Il bambino alza il mento come a dire se proprio ci tieni.

“Alice mi chiama Vittrota, proprio lei che ha il nome da pesce.”

“Vittrota?”

“Eh.”

Vittoria si scioglie una treccina e si mette l’elastico come anello. Poi continua a parlare.

“Sai giocare a preferiresti?”

“Non lo so.”

“Io ti dico due cose e tu devi scegliere, poi tu le dici a me e devo scegliere io.”

“E chi vince?”
“Nessuno.”
“Ok, proviamo.”
“Una facile: preferiresti sentirti come se devi sempre starnutire o come se devi sempre fare la cacca?”
“Forse starnutire.”
“Pensaci, quando stai per starnutire ti viene quella faccia scema con gli occhi storti e la bocca aperta.”
“Allora la cacca.”
“Non devi darmi ragione, Milhouse! Devi convincermi della tua scelta.”
“Va bene, proviamone un’altra.”
“Preferiresti parlare con gli animali o parlare tutte le lingue del mondo?”
“Tutte le lingue, così vado dove voglio e mi faccio capire anche in Giappone.”
“Ma no, dai, parlare con gli animali, sai che bello… a parlare le lingue puoi imparare, quante saranno? Sette o otto in tutto. Cioè, secondo me riusciamo a impararle. Io parlo già italiano, inglese e finlandese.”
“Finlandese?”
“Sai come si dice in finlandese ‘guarda il mare’?”
Milo scuote la testa.
“Si dice *cazzo merda*!”
Ridono tantissimo.
“Giuro si dice *cazzo merda*!”
“Ma come lo sai?”
“Me lo ha detto Eleonor.”
“Chi è Eleonor?”
“La fidanzata di mio papà.”
“Ma tua mamma sa che tuo papà ha una fidanzata?”
“Be’, certo, ieri la abbracciava pure.”
“E si sposano tuo papà e la sua fidanzata?”

"Mi hanno detto che se si sposano io posso fare la damigiana d'onore."

"Cos'è una damigiana d'onore?"

"È una che porta le fedi e poi tiene il velo, è molto importante nel matrimonio."

"Mai sentita."

"Magari non sei esperto di cose religiose."

"Esperto no, ma vado a catechismo."

"Io ho scelto chitarra. Adesso prova a fare a me un preferiresti."

"Preferiresti mangiare tutta la vita verdura o frutta?" chiede Milo, dopo averci pensato su un po'.

"Bella domanda! Tu?"

"Io frutta. La verdura mi fa schifo."

"Io dico verdura, invece, perché la puoi cuocere, la frutta è sempre fredda, fa venire le rane nella pancia."

"Non sono bravo a questo gioco," dice Milo avvilito.

"Sei bravo, invece, però io sono campionessa."

Riccardo e Antonia ascoltano i figli parlare seduti sui sedili posteriori. Lui guida, lei appoggia la testa al finestrino, assorta. È Natale. È lei che, dopo aver letto la lettera, ha chiamato R.P. e gli ha fatto una proposta, è lui che ha accettato. Sono passati al cimitero a lasciare una rosa sulla tomba di Andrea, Andrea dalla foto ha sorriso. Riccardo ha recitato una preghiera e poi si sono messi in strada. Sul navigatore è stata inserita la destinazione: Pisa. Torre.

Entrano in una galleria, Antonia sorride, ma è buio e i sorrisi non fanno rumore.

"Così è bello," dice.

Ed è tutto il romanticismo che si possono permettere. Se lo faranno bastare.

MISTO
Carta da fonti gestite in maniera responsabile
FSC® C115118
FSC
www.fsc.org

Finito di stampare nel mese di ottobre 2023 presso
Elcograf S.p.A. - Stabilimento di Cles (TN)

Printed in Italy